老付拆书，给你好看

付雪莲 ◇ 著

中国文联出版社

图书在版编目（CIP）数据

老付拆书，给你好看 / 付雪莲著. — 北京：中国
文联出版社，2022.8
ISBN 978-7-5190-4904-1

Ⅰ. ①老… Ⅱ. ①付… Ⅲ. ①世界文学—文学欣赏
Ⅳ. ①I106

中国版本图书馆CIP数据核字（2022）第150678号

著　　者　付雪莲
责任编辑　刘　旭
责任校对　陈　雪
装帧设计　刘贝贝　李　娜

出版发行　中国文联出版社有限公司
社　　址　北京市朝阳区农展馆南里10号　　邮编　100125
电　　话　010-85923025（发行部）　010-85923091（总编室）
经　　销　全国新华书店等
印　　刷　北京四海锦诚印刷技术有限公司

开　　本　850毫米×1168毫米　　1/32
印　　张　8
字　　数　172千字
版　　次　2022年8月第1版第1次印刷
定　　价　58.00元

目 录

上 篇　在阅读中

《青蛙和蟾蜍》系列
　　——最差不过只剩回忆，最好不过一直有你 / 003

《绿野仙踪》
　　——成长的秘密，一直藏在你自己身上 / 007

《尼尔斯骑鹅旅行记》
　　——你终能长成更好的自己 / 013

《爱丽丝漫游奇境记》
　　——爱不是选择，是非你不可 / 019

《马克的完美计划》
　　——有一种活法叫向死而生 / 030

《精神》
　　——文字，夜空中最闪亮的星 / 035

《阁楼里的秘密》
　　——情感才是最贵重的"礼物" / 044

《列那狐的故事》
　　——一只让你永远猜不透的狐狸 / 051

《全部都喜欢》
　　——万物皆有灵 / 057

《神话意象》

    ——神说，要甜必须苦过 / 073

《你好，灯塔》

    ——找到属于你自己的"灯塔"，忠诚地守护它 / 079

《白鸟》

    ——从心出发，御风而行 / 087

《河流是什么？》

    ——河流，是一个永远都讲不完的故事 / 095

《金老爷买钟》

    ——每一刻，都是对的 / 100

《坏情绪，再见！》

    ——每一朵乌云都镶有银边 / 103

《西游记》

    ——许败不许胜 / 108

《诗经》

    ——最美不过《诗经》，带你尝遍爱情的滋味 / 116

下 篇　在时光里

2018短书评 / 129

2019短书评 / 170

2020短书评 / 196

2021短书评 / 219

致　谢 / 247

上篇

在阅读中

《青蛙和蟾蜍》系列

——最差不过只剩回忆，最好不过一直有你

一、艾诺·洛贝尔

艾诺·洛贝尔，20世纪美国童书作家中的殿堂级人物。1933年5月22日出生，1987年12月4日去世，他离开这个世界时，在《纽约时报》刊登了一则启事，大意是说："如果你想念我，请不要设立基金会、奖学金或纪念碑，请看我的书，因为我就在里面。"

洛贝尔很多作品里都有他自己的影子，你看这个伏案创作戴着眼镜的画家，简直就是洛贝尔真实生活的写照。

他是出版社最受欢迎的人物，不只是因为他的书籍畅销，据说他不管写作或做插画，都会干净利落地交稿，他是一个非常好合作的人。

他曾经说，创作对他而言非常不容易，但是想到每天在这世界上，都有人坐在那里读他的书，欣赏他的故事，他就非常高兴，他热爱为孩子做书。

二、《青蛙和蟾蜍》系列

洛贝尔创作的《青蛙和蟾蜍》系列是最早同时拿到纽伯瑞奖（A Newbery Honor Book）和凯迪克奖（A Caldecott Honor Book）的童书。

有人称《青蛙和蟾蜍》是顶级治愈系童书，一只小青蛙，一只小蟾蜍，说简单的话，做可笑的事，永远想着对方，始终在一起。它们一起游泳，吃饼干，找扣子，放风筝，过圣诞夜，都是一些寻常的小事，但只要在一起，它们就非常满足快乐。一旦分开，它们马上变得孤独和担忧。感情既是彼此的软肋，也是铠甲。

青蛙比较理智而且很聪明，蟾蜍傻傻的有时候还会闹小脾气，但双方对彼此的感情却都是一样的全心全意。如果你看英文原版书，会发现together是用到最多的词，整个系列讲的都是青蛙和蟾蜍在一起。少数几个其他动物，简单的场景甚至整个世界都沦为了它们感情的陪衬。

在整本书的绘画上，洛贝尔也是极其用心，大量使用土黄、青绿、烟灰，几种颜色糅杂在一起极其和谐，仿佛秋天的感觉。虽然没有绚丽的红紫金，却并不单调，青蛙和蟾蜍的互相依偎更是让整个画面温馨甜蜜。它们的表情、眼神、动作也总是互相呼应，骑脚踏车在一起，放风筝在一起，读书在一起，围着火炉喝酒聊天，永远都是在一起。周围的景物很简单，巨大的花朵，藤蔓，树叶都在向青蛙和蟾蜍倾斜，好像在见证这对好朋友的亲密无间，也好像在说，只要相爱的人能够在一起，世间万物都是那么的美好，不管它俩在做着怎样简单的事情，有着怎样幼稚的情感。

目录设计也是独具匠心，每个故事的名字都是一个青蛙绿，一个蟾蜍黄，象征着两个人无论何时何地都永远在一起，永不分离。

四本书的名字《青蛙和蟾蜍——好朋友》《青蛙和蟾蜍——好伙伴》《青蛙和蟾蜍——快乐时光》《青蛙和蟾蜍——快乐年年》，也在暗示着青蛙和蟾蜍要永远在一起的决心。

Together together together……

三、作为课程用书可以这样做

《青蛙和蟾蜍》系列一共四本，每本有5个小故事，描述了青蛙和蟾蜍这两个好朋友的温馨友谊。因为故事简单，字数较少，多用重复手法，所以非常适合作为低年段孩子的课程书。

拆解故事

1.通过模仿教师，学习演读。（拆情节）

2.借助情节图示，学习复述。（拆表达）

3.主动联结生活，体会主题。（拆思维）

合演故事

利用手指剧的方式自编自导自演。（每一个孩子都很重要）

鼓励学生创编青蛙和蟾蜍的故事。（学以致用才是真学习）

《青蛙和蟾蜍》系列，利用几幅插图的串联来讲故事也是一种非常好的方法，少一点画青蛙，了解蟾蜍生活习性，集中识字等无效动作，带孩子直奔故事，去听，去猜，去看，去讲，去感受，去思考，去联结，培养阅读兴趣以及读完整本书的能力，才是真正地发挥了课程书的作用。

《绿野仙踪》

—— 成长的秘密，一直藏在你自己身上

1900年，已经45岁的美国作家莱曼·弗兰克·鲍姆（1856—1919）完成了童话故事《绿野仙踪》。它问世以来，立即闻名遐迩，多次被改编成音乐剧、电影、电视剧。此后续书不断，如《奥兹的奥兹玛》《通往奥兹之路》《奥兹丢失的公主》等。在弗兰克去世以后，还有别的作者撰写"奥兹"系列的续书，但反响都不如《绿野仙踪》。

时隔一个世纪后的2009年6月，好莱坞制作精美的动画片《飞屋环游记》公映，其制作人声称电影最初的灵感和创意就是来自童话故事《绿野仙踪》。弗兰克估计很难相信他偶然机缘下完成的这个故事能有如此大的魅力，流传至今不但能给孩子们带来难以忘怀的童话世界，还能给不同的人带来创作新童话的灵感。

《绿野仙踪》（原名《奥兹的奇特男巫》），以神奇的奥兹国为背景，讲述了美国堪萨斯州的小姑娘多萝西被龙卷风卷到了一个叫芒奇金的地方。她的房子压死了邪恶的东方女巫，解救了被奴役的芒奇金人，还得到了一双有魔力的银鞋子。

在美丽的奥兹国中有东西南北四个女巫：其中住在东方和西方的女巫是恶女巫，住在南方和北方的女巫是好女巫。北方好女巫不仅指引多萝西到奥兹国的翡翠城找大魔法师奥兹，寻求回家的方法，还给了她的额头一个圆圆的、亮晶晶的吻。被好女巫吻过的人，任何人都不敢伤害她。

一路上，她遇到一个渴望从奥兹那得到脑子的稻草人。一个全身都是铁皮很容易生锈的樵夫，他也有他的伤心故事，原来他是一个樵夫的儿子，因为与一个芒奇金的姑娘相爱，受到了东方恶女巫的诅咒，变成了一个铁皮人。他失去了他的心，也失去了对爱人的感觉，感受不到爱情的幸福。他决心请求奥兹给他一颗心。还有一个无比胆小的狮子，这位胆小鬼非常渴望具有百兽之王的气魄和勇敢，因此想从奥兹那里得到胆量。多萝西一路上有了这三个善良而各具特长的伙伴的陪同，通过克服重重困难，终于到了翡翠城。

惊险的故事到这里并没有结束。请求大魔法师帮助的过程并不顺利，奥兹虽然答应可以满足他们各自不同的愿望，但提出的条件是去杀死奥兹国中唯一存在的西方恶女巫。多萝西和她的伙伴们只好又一次踏上了冒险的征程。他们克服了西方恶女巫设置的重重障碍，在一次次历险中收获和成长：稻草人因为自觉没有头脑，一次次努力思考反而发挥了他聪明且智慧的头脑；铁皮樵夫因为缺乏心灵，恐怕他的感受会伤害同伴，一次次小心谨慎，彰显了他的温情、善良和忍让；胆小的狮子虽然缺乏胆量，但危险来临时，为了救助同伴也努力克服了自己胆小的心理障碍，不知不觉中恢复了百兽之王的雄风伟范。

多萝西最终用水溶化掉了西方恶女巫，再次回到了翡翠城，要求奥兹实现对他们的允诺。意外的是，故事情节又急转直下，原来这位所谓的大魔法师奥兹只是一个骗子，他和多萝西一样只是人类，并没有法术。无奈之下，多萝西只好求助于法力强大的南方好女巫格林达。故事的最终之谜被格林达揭开，原来多萝西一开始穿到脚上的银鞋子就能帮助她回家。

每一本幻想小说的主人公进入"超现实/幻想世界"都需要通过一个媒介，这些媒介可以是精灵、女巫等引导者，也可以是一扇门、一盏灯，或是一个梦，或是几种的组合。这些神奇的媒介让主人公可以来到幻想的世界中，同时还能圆满地回去，大多数情况下主人公都会选择回到现实世界。这也是非常典型的"离家"—"归家"结构。《绿野仙踪》通过现实世界的龙卷风把多萝西带到了奥兹国，又通过奥兹国的银色魔法鞋把多萝西送回了现实世界。

《纳尼亚传奇》的故事发生在第二次世界大战期间，英国伦敦饱受空袭威胁，孩童都被疏散到乡间避难，佩文西家的四位兄弟姐妹——彼得、苏珊、埃德蒙、露西，被安排到一位老教授狄哥里寇克的乡间大宅暂住。在这占地辽阔、房间众多的宅邸之中，小妹露西发现了一个奇特的魔衣橱，居然可以通往神奇的奇幻国度——纳尼亚。露西在纳尼亚王国遇到一位和蔼可亲的人羊吐纳思先生，并跟他成为好朋友。事后露西将亲身经历告诉兄姐，起初他们并不信，但后来在一次意外情况下，他们终于也进入了魔衣橱，随着微暗的灯光踏上灯野，正式造访了纳尼亚。

《哈利·波特与魔法石》中，罗恩的母亲韦斯莱夫人指点初来乍到迷茫着的小哈利，"你只要照直朝第9和第10站台之间的检票口走就是了。别停下来，别害怕，照直往里冲，这很重要。要是你心里紧张，你就一溜小跑"。就这样，波特通过九又四分之三车站站台乘上了去往霍格沃茨魔法学校的火车。

《野兽国》以简单诗意的语言讲述了调皮男孩迈克斯的故事：他与妈妈大闹了一场，没吃晚饭就被关进了自己的房间。孤身一人的迈克斯在突然长满大树的房间开始了远航：一波波的海浪为迈克斯带来一艘小船，他驾着小船出发，过了晚上，到了白天，过了一周又一周，过了几乎一整年，终于来到野兽国。在那里，迈克斯统领了那些暴躁狂乱的野兽，在疯过闹过之后，他开始想念那些最爱他的人，最后他放弃了野兽国国王的王位，回到了最爱他的亲人那里，他的怒气已散，发现晚饭就摆在那儿。

《绿野仙踪》这本书还有很多写法上的特点：

虚构中的合情合理是幻想小说另一个特点，稻草人松软不易受伤的身体，铁皮人受潮易生锈，狮子的吼声威震百兽，这些主人公各自的特点都非常符合现实世界中的标准。

　　反复的语言结构也是这本书的一大特点，每次遇到困难都是稻草人先说我没有脑子，铁皮人说自己没有心，狮子说自己很胆小，多萝西说自己一定要回到家乡。反复的语言不仅强化了主题，还有一种非常好的节奏感，让小读者会心一笑，同时也获得了一种阅读猜测上的安全感。

　　一波三折的故事情节也让这本书异常地吸引人，得到一双银鞋子不知道怎么用，千辛万苦去奥兹国又被告知要杀掉西方恶女巫，干掉了西方恶女巫又发现奥兹国国王是个骗子。这一波三折的故事情节，光怪陆离的非凡想象，让读者深陷其中，不能自拔。

　　很多看过这本书的同学提出的问题也相当的有趣。例如奥兹坐热气球回家为什么会那么开心？小狗托托为什么不能说话？铁皮人不杀害生灵，为什么还杀了野猫？书名为什么叫《绿野仙踪》？为什么多萝西不能把银色魔法鞋穿回家？他们的回答也是相当精彩。奥兹不用再欺骗下去了，做回自己才是最开心的。小狗托托是要回到现实世界的，所以它不能说话。杀生和护生并不矛盾，其实根本无法做到不杀生，喝一口水都会杀死好多微生物，一屁股坐在椅子上都会坐死很多生命。不杀生是不为一己私欲滥杀无辜，这里铁皮人杀掉野猫是为了救更多的生命。书名原来叫《奥兹的奇特男巫》，为了迎合中国读者的口味，所以名字要取得文雅有趣一点。银色魔法鞋属于奥兹国，是不能带到现实世界的，就和小狗托托不能说话是一个道理。哈哈，你觉得同学们的问题和答案有趣吗？你又会问出什么样的问题，给出什么样的答案呢？

读完整本书你还会发现，一直说自己没有脑子的稻草人却在每一次的困难中想出最绝妙的方法，处处充满智慧。说自己没有心的铁皮人，最为善良，处处关心他人，爱护生灵。说自己胆小的狮子却能在强大的怪兽面前挺身而出，保护自己的朋友。一直说自己是个很差的魔法师的奥兹，却建立了最伟大的翡翠国，他给了人民信仰，让每个人都过得很幸福。没有父母的多萝西对家充满了眷恋，她说无论奥兹国有多美，最好的永远是自己的家。但其实回家的方法，早就穿在她的脚下。

你最渴望的，终将成为你所拥有的。

愿我们都能够拥有聪慧的大脑，善良的心，无所畏惧的勇气和永远可以回去的家。

《尼尔斯骑鹅旅行记》

——你终能长成更好的自己

老付语录：童书太多了，如果一定要推荐一本给孩子们，我首选《骑鹅旅行记》。

瑞典女作家塞尔玛·拉格洛夫用她手中的笔和对孩子无与伦比的爱完成了这本巨著。它充满深情，它丰富无比，它完美地印证了关于儿童文学的最高美学标准：杰出的作品总是具有向着童年生命和成年生命的不同层面同时敞开的丰富肌理。

一、神奇的鸟瞰视角

这本书缘起于瑞典国家教师联盟的委托。他们希望塞尔玛写一部给儿童看的，以故事的形式介绍瑞典地理、生物和民俗的教科书。

这位刚出生就左脚残疾，三岁半双脚完全麻痹的女子，在50岁的时候强忍脚疾的不便，去全国各地进行细致的实地考察。她认真地考察了瑞士各省的地形地貌、自然资源、风俗习惯和民间传说，这也是为什么我们读这本书的时候，会发现大量风景描写、民间传说的原因。

环境描写本来不足为奇，但这本书最特别的地方在于它的观察视角。平常的生活，我们很少有机会从空中鸟瞰大地，即使是在飞机上，大多数时间也只能看见一团团的云朵。

在这本书中，我们却可以跟着尼尔斯伏在白鹅的身上一路飞行，一路观赏。我们借着尼尔斯的眼睛看到了这样的景色：

这一下他恍然大悟，那块大方格子原来就是斯康耐的平坦大地。那些碧绿颜色的方格子他首先认出来了，那是去年秋天播种的黑麦田，在积雪覆盖之下一直保住了绿颜色。那些灰黄颜色的方块是去年夏天庄稼收割后残留着茬儿的田地。那些褐色的是老苜蓿地，而那些黑色的是还没有长出草来的牧场或者已经犁过的休耕地。

书中有很多处这样的环境描写，在读这些部分的时候要慢一点，甚至可以闭上眼睛想一想，仿佛我们和尼尔斯坐在一起，风从耳边掠过，而我们正一起欣赏脚下的风景。

可千万别小看这想一想，这就是图像化策略，是走进这本书最重要的阅读策略之一。

二、获诺贝尔奖的童书

《骑鹅旅行记》是一本童书，是世界文学史上第一部，也是目前为止唯一一部获得诺贝尔文学奖的童书，它为这位从小就有残疾的女作家赢得了与丹麦作家安徒生齐名的崇高荣誉。

可是，为什么是这本书？我们重新翻看它，会发现这本书有着丰富的科学知识，精巧的故事结构和深刻的儿童观点。这本以顽童成长为主线的童话书，并非用成人的姿态对儿童指指点点。而是通过尼尔斯一次次奇妙的生命体验从而完成精神世界的成长。可是这些还不足以获得如此巨大的声誉，是的，还有一个最为重要的原因——它的文学价值。

文学是语言的最高形式。探究文学价值，我们还是要从这本书的语言中去品味。

在书中，我们会读到这样的文字：

古时候的人和动物大概都比如今的要大得多，连蝴蝶都大得不得了。曾经有过一只蝴蝶，身体有几十公里长，翅膀像个湖泊那样宽。这对翅膀宝蓝色里闪现着银色光辉，真是漂亮极了。那只蝴蝶在外面飞翔的时候，所有别的动物都停下来观看。后来他到了波罗的海上，碰到了暴风雨，狂风刮打着他的翅膀，把它们撕裂开来。

仔细听着，艾立克，你和我居住的这个厄兰岛原来就是那只蝴蝶。只消动动脑筋，就不难发现，整个岛屿的形状就像一只蝴蝶。在北面可以看得出来，那是细长的躯体上身和圆圆的脑袋。在南面可以看到躯体的下身，先是由细变粗，再由粗变细，收缩成一根尖尖的尾巴。

我真想知道，是不是有人能说个明白，为什么在阿尔瓦莱特山上会有这样的一种思念。我一生之中每天都有这种感觉。我想，每一个不得不到这里来谋出路的人都有着牵肠挂肚的思念。我真想知道，是不是还有别的人明白过来，这种苦苦的思念之所以会缠着大家，那是因为这个岛是一只蝴蝶，他在苦苦地思念着失去的翅膀。

传说已无从考证，但是关于思念的描写却击中了所有人的泪点，好的文学作品就是这个样子，它具有穿透性和普适性。纵使时光易逝，人类的感情却是永恒的。遇到这样让你动心的文字，你要停下来，用笔画一画那些惊艳了你的句子，然后把这份感动记录在旁边，这种边读边圈画记录的方法叫作批注策略。

等若干年后，你再次翻阅这本书，斑驳的笔迹会帮你打开此刻的记忆，感动与美好会重临心头。

三、你会成为更好的自己

主人公尼尔斯究竟是个什么样的孩子？让我们来看看他妈妈的祈祷吧！"求求上帝赶走他身上的那股

邪恶，使他的良心变得好起来，要不然的话，他迟早会害了自己，也给我们带来不幸。"

再让我们听听那些被他欺负的奶牛们是怎么说的：

"你过来，我让你尝尝挨木头鞋揍的滋味，你在去年夏天老是这么打我来着。"叫小星星的奶牛怒吼道。

"你过来，你把马蜂放进我的耳朵里，现在要你得到报应。"金百合花狠狠地咆哮着。

"你过来，你干下了那么多坏事，我要让你统统得到惩罚。有多少次你从你妈妈身下抽走她挤奶时坐的小板凳！有多少次你妈妈提着牛奶桶走过的时候你伸出腿来绊得她跌跤！又有多少次你气得她站在这儿为你直流眼泪！"五月玫瑰训斥道。

就是这样一个不被任何人喜欢的男孩，骑在白鹅的身上跟着雁群飞行。在途中，险情不断，尼尔斯在困难中学会理解，学会担当，学会与他人交往，最后为了白鹅免遭杀身之祸，尼尔斯甚至愿意放弃变回原样。当然，这样好的尼尔斯获得了小精灵的原谅，重新变回自己的模样。

哦，不，应该说，是更好的模样。

阅读从来都是在别人的故事里读自己。你有没有遇到和尼尔斯同样的困扰呢？在尼尔斯的故事里，你是否找到了属于自己的成长之路呢？这种把故事与自己真实生活连在一起思考的阅读方法叫作联结。

我们读这本书的时候可以不断地运用图像化、批注、联结这三种主要的阅读策略，它们可以帮你更进一步走进这本书。

不知道你读完《骑鹅旅行记》有什么感觉，我读完这本书总会回想起电影《这个杀手不太冷》里的桥段。玛蒂尔达问里昂："生活是否永远艰辛，还是仅仅童年才如此？""总是如此。"

是的，生活并不容易，而童年更是如此。还好，我们还有阅读，我们还有《骑鹅旅行记》。愿所有的孩子和曾经的孩子都能跟着尼尔斯长成更好的自己。

《爱丽丝漫游奇境记》

——爱不是选择，是非你不可

爱丽丝漫游奇境记·兔子洞

"坠落"虽解不了生活的毒，但化得了生活的苦。

1. "爱丽丝陪着姐姐闲坐在河边没有事做，坐得好不耐烦。"故事一开头就告诉我们，爱丽丝对这世界的厌倦。

她看了一两眼姐姐的书，她就想："一本书里既没有画儿，又没有说话，这样的书看它干什么？"

图画的意义在于帮助我们了解这个世界，对话的意义在于帮助我们理解他人和自己。

懵懵懂懂的爱丽丝需要"成长"。

2. 你周边的人皆因你而来。白兔子因爱丽丝的"渴望"而来。

它带来了一次机会，这个机会的入口就是"兔子洞"。

爱丽丝在兔子洞里掉半天还掉不完，这样的"坠落"是极大的考验。

恐惧，抵抗，抱怨只会让你永远迷失在"坠落"中。

爱丽丝选择"臣服"于境，四面望望，伸手拿柜子上的小瓶子，跟自己说话，想念一下自己的猫，甚至睡着了。

她最后掉在一大堆树枝和干叶子上，这一跤就此跌完了。

3. 还记得《绿野仙踪》里面的多萝西么？

坠落在陌生的奥兹国，依无所依的时候，她洗了把脸，换了件干净衣服，喝了点水，吃了果子，就重新出发了。

这些奇幻儿童文学中的女性，给了我们太多的感悟。

如果此刻，你的人生也处于"坠落"状态。

那么，好好睡一觉，洗把脸，换件衣服，吃点东西，四处望望，和自己说说话，在"坠落"中，重新开始。

爱丽丝漫游奇境记 · 我是谁？

祝你此生，梦想光芒，野蛮生长，永不彷徨。

1. 门是通道还是阻碍？

爱丽丝被困在了满是门的长厅房里，她找不到属于自己的生命出口。

这一生，我们都走在回家的路上。但更多时候，即使我们手握钥匙，也还是打不开通往"家"的门。

2. 瓶子上印着"喝我"，饼干上的葡萄干拼出"吃我"。

我们在他人的标签中，一会儿自大，一会儿自卑。我们谁都是，唯独不是自己。

3. 爱丽丝的心里有两个自己，一个坚强，一个懦弱。

在她找到真正的"自己"之前，两个"自己"总是打架。

你看，所有人都一样，我们既没有办法约束自己，也没有办法完全放纵自己。

就这么憋憋屈屈、别别扭扭地和自己较劲。

4. 如果有人救自己，爱丽丝会抬头说："那么我是谁？等到你们先告诉我是谁，要是我喜欢做那个人，我就上来；要不是，我就还在这底下待着，等我成了别的什么人再说。"

这是爱丽丝的成长！虽然她还没有找到真正的自己，但她打定了主意，一定不能成为自己讨厌的那种人。

多么珍贵啊！终其一生的努力，我们不就是想证明，自己究竟是个怎样的人。

爱丽丝漫游奇境记·如何走出巨大的 "眼泪池"

当悲伤逆流成河的时候，你是否还会奖励给自己一颗"糖"？

变成巨人的爱丽丝流下了眼泪，这眼泪在她变小的时候，成了几乎要淹死她的"眼泪池"。

是的，如果你哭得太凶，悲伤太大，你会被自己的眼泪"淹死"的。

世间的一切皆因你而来，眼泪池里的动物，都是"你"。它们以千面的形式让你看清，悲伤把每一个你都弄得"湿淋淋"的。

渡渡鸟是已经灭绝了300多年的动物，因为不会飞，又有点蠢，最后灭绝了。就是这样一种动物，却想出了最棒的点子：合家欢赛跑。

随便画个圆，不是圆也行啊。随便什么时间跑，随便什么时间停……半个小时后，大家都干了。

奖品要由爱丽丝提供，谢天谢地，那一匣子糖没有被泪水浸进去。可不是吗？再苦再咸的生活，上天还是会在你的衣兜里藏一匣子"糖"。

你要把"糖"找出来，奖励给每一个不同的"自己"。

哦，别忘了还有那枚雅致的"顶针"。上面的每一个凹陷，都是你曾经顶住生活"重压"的痕迹。

重新活过来的你，会明白。那些千疮百孔的"伤"，都是你的"勋章"。

爱丽丝漫游奇境记·听不懂的"尾曲"

一生荒唐，绮梦难醒，满腔委屈，无人懂。

爱丽丝掉进兔子洞是童话里典型的"鲸鱼之腹"类型。

她所经历的一切"稀奇古怪"都是真实心境的镜面折射。

老鼠叹着气说道："唉，我的历史说起来可真是又长又苦又委屈呀。"

爱丽丝听了，瞧着那老鼠的尾巴，说："你这尾是曲呀。可是为什么又叫它苦呢？"

老鼠严厉地对爱丽丝说："你没有用心听，你在想什么呢？"

作为局外人的我们都清楚，爱丽丝不是没有用心听，她是真的不懂。

没有"觉醒"的爱丽丝，无法与象征内心委屈的"老鼠"做真正的和解。

你自己都不懂得"委屈"。

又怎么能期望别人懂你呢？

爱丽丝漫游奇境记·智者毛毛虫

这个世界很好，你也很好。

那是一条又大又蓝的毛毛虫，坐在蘑菇顶上，安安静静地抽着一个很长的土耳其水烟袋。

毛毛虫作为智者的象征，从一开始就引导爱丽丝思索自己究竟是谁？

一会儿变大，一会儿变小，就好像一个人的自卑与自大。爱丽丝无法确定哪一个才是真正的自己。

毛毛虫问她："你现在称心不称心呢？"毛毛虫不断地引导爱丽丝"内观"，从而看清楚自己。

爱丽丝想了想说："我还是想稍微再大一点儿，这三英寸高实在有点儿不大像样。"

毛毛虫把身子挺着竖了起来，它恰好三英寸来高。它说这很像样儿的。

爱丽丝以为她又惹毛毛虫生气了。毛毛虫却只是从蘑菇的顶上爬下来，往草里爬了进去。

毛毛虫走的时候说："这边会叫你长高，那边会叫你变矮。"

你看，这就是智者。

他守着可以变大或变小的蘑菇，却始终让自己保持着三英寸来高的真实样子。

能够克制自己的人，都拥有着极大的心灵力量。

它不会因为外界的诋毁而自卑，也不会因为他人的赞美而自大。

他知道自己是谁，也知道自己不是谁。

守心，永远不会出错。

三英寸高还是三十米高，又有什么关系？

爱丽丝漫游奇境记·放"猪"一条生路

没有神的光环，你我生而平凡。

在爱丽丝的奇遇里，总是会穿插着一些现实生活的小插曲。

要么是爱丽丝背不出那些童谣，要么就是爱丽丝，根本无法理解他人，理解这个世界。她总是担心自己变成一个蠢女孩儿。

她问公爵夫人，为什么猫会那样咧嘴笑呢？公爵夫人说："这是柴郡猫，所以会笑。猪！"

这个"猪"字突然说得这么狠，吓了爱丽丝一跳。可是爱丽丝马上发现这话是称呼那个婴儿的，并不是叫她的。

可是事实真的如此吗？在爱丽丝的梦境里，所有的一切都因她而来。她就是那个"婴儿"。

她以第三视角重新看待童年的自己，因为"幼稚"而遭到了妈妈的嫌弃，保姆的虐待。

爱丽丝把"婴儿"带走。她心里知道，如果不带他走，两三天他就会死掉。

"婴儿"慢慢变成了猪，爱丽丝把他放在了地上，看着他不声不响走进了树林里（潜意识）。

爱丽丝终于释怀，并对自己说："他长大以后一定会变成丑得可怕的孩子。可是如果他当一头猪，我想倒也是一头挺好看的小猪。"

放"猪"一条生路，也放自己一条生路。

成长，就是我终于心平气和地承认，原来我就是个普通人。

爱丽丝漫游奇境记·我该往哪儿走？

任何一次选择，都有它对应的筹码，愿赌服输的人，才能赢得漂亮。

爱丽丝问柴郡猫："应该往哪条路走呢？"柴郡猫说："那多半要看，你想到哪儿去？"爱丽丝说："我倒不太在乎到哪儿去。"

柴郡猫说了一句非常有哲理的话——那么你就不用在乎走哪条路。

是的，当你自己都不知道要往哪里走的时候，谁又能真的帮到你呢？很多时候选择大于努力，方向重于速度。

答案都在问题中。你生命的钥匙都握在你自己的手里。

爱丽丝询问附近住着什么样的人。柴郡猫拿着右爪子指道："那个方向住着一个帽匠。"

又举起左爪指道："在那个方向住着一个三月兔。你喜欢去拜访哪一个就拜访哪一个，他们两个都是疯子。"

好笑吧，左面是疯子，右面也是疯子。你人生的选择根本就没有对错可分，无论怎么选都有遗憾。

爱丽丝还在做最后的挣扎，她说："我不愿意走到疯子中去。"

猫说："那是没有法子的，咱们这儿都是疯的，我是疯子，你也是疯子。不然你怎么会在这儿呢？"

有趣吧，震撼吧。

不疯魔，不成活。

左边也是错，右边也是错，你还有什么好犹豫的？走就对了。

全世界都是疯子，你自己也是疯子，你还有什么可怕的？笑就对了。

很多我们以为最坏的日子，回过头来看，反而是最好的日子。

生命就像一扇扇虚掩的门，最大诚意，就是坚定不移地选择"喜欢"的那扇！

用力推开它，笑着迈步走进去！

爱丽丝漫游奇境记·为什么老鸦像一张书桌？

缘分，就是你躲不开的那个"人"。

爱丽丝不想见帽匠，所以选择去拜访三月兔。结果正好遇到三月兔和帽匠在喝茶。

他们见到爱丽丝过来就开始嚷："没有地方，没有地方。"三月兔甚至用一个"喝酒梗"来下逐客令。

三月兔："请喝点酒吧。"爱丽丝："我没有看到酒啊。"三月兔："本来就没有。"

爱丽丝："没有酒请人喝酒，这算什么规矩？"三月兔："没有请你你就坐下来，这算什么规矩？"

相对于三月兔的火力全开。帽匠瞧了爱丽丝好久，说了头一句话："你的头发该剪了。"

我看过那么多浪漫的电影，听过那么多浪漫的故事。没有一个男主的开场白超过帽匠的。

对于突然闯进我的世界的你，除了看着你，说些傻话，我几乎无能为力。言语表达对于爱来说，是孤独的。

几乎所有年轻的女孩都会像爱丽丝一样，马上严厉起来："你应该懂得，不应该当面议论人，这很失礼的。"

年轻的女孩不会懂，那个轻轻拽她马尾辫的男孩，不是因为淘气，无聊，而是因为他还没有学会表达爱。

　　爱丽丝的怒气，让帽匠睁大了眼睛。最后也只是
问了一句"为什么一只老鸦像一张书桌？"

　　爱丽丝不知道，帽匠也不知道。那你知道答案吗？

　　答案是：没有理由。

　　老鸦像书桌没有理由。

　　就像爱上你，也没有理由。

　　我拿自己无能为力，因为我对爱也无能为力。

《马克的完美计划》

——有一种活法叫向死而生

一、关于作者

《马克的完美计划》是一本只要开始读就无法停下来的书，令人热泪盈眶又周身温暖。

它是美国新锐儿童文学作家丹·格迈因哈特的处女作，刚一出版便得到了美国《出版人周刊》《科克斯评论》等媒体的广泛赞誉。

这位三个孩子的年轻父亲有着非常旺盛的创作力，他的另外几部作品《寻找莎拉》《乔纳森的海岛历险》《来自天堂的狗狗》也即将在大陆出版。

作者在一所小学担任图书管理员，经常与孩子们一起阅读，这样的工作经历让他从不敢小看孩子的阅读品味与理解的深度，所以他敢把生存这样大的主题放在一个罹患癌症的小男孩身上，由此和小读者们共同探讨关于生命选择的两难问题。

他高超的写作技巧把这种两难处理得相当动人且并不说教。马克的冒险既让人揪心又精彩紧凑，在他登雷尼尔山的旅途中遇到的各式各样的人，无论是抱有善意或是恶意，都教会了马克如何看待人生的种种真实面貌。最后他或许没有看到山的顶峰，但却看到了生命的真相。

二、高超的写作手法

1. 主人公很"特别"

以往的主人公往往都是英雄、明星、超人、侠客、天才、成功人士，等等，他们耀眼的光环，瞩目的成就，跌宕起伏的人生让他们理所当然地成为了主人公。他们不平庸、不平凡、不平常，他们天生就有主角光环。

但是现在出版的很多小说对主人公的选择有了变化，主人公有很多是普通人，遇到困难的人，甚至是有生理、心理缺陷的人。其实每一个人在这个世界上都是独一无二的，所以每个人都是自己世界的主角。

例如《亲爱的汉修先生》《一百条裙子》《窗边的小豆豆》《想赢的男孩》这些书里面的主人公都是非常普通的人，他们让我们仿佛看到了自己，同样普普通通的自己。

而《马克的完美计划》里选择的是一位癌症复发，性格有些孤僻怪异的12岁男孩。他还没有长大，就要去思考如何与这个世界告别，这样的主人公完全不是什么超级英雄，他既普通又特别。

2. 用第一人称来写"特别"的主人公

大部分小说都选择用第三人称，而《马克的完美计划》里却用第一人称来写，这确实很了不起，让读者能够更加深入地走进主人公的内心。

现在很多作家都开始尝试在这一领域探索，如台湾作家王淑芬的《我是白痴》，里面的主人公彭铁男在智力上有所缺陷，作家用第一人称让读者感受到了他内心的真实世界。

《深夜小狗神秘事件》的作者用"我"来写一个自闭症孩子对这个世界的独特看法。

《独一无二的伊凡》用"我"来讲猩猩的一生，它是如何思念森林，如何渴望逃脱牢笼的。

《马克的完美计划》也是用第一人称来写的，这样的写法特别打动人心，让我们对马克的痛苦感同身受，能够将心比心。

3. 糖葫芦结构

《马克的完美计划》里马克就是穿起"糖葫芦"的那根棍，串联起整本书的内容。

马克遇到的女招待，暴打自己的孩子，唱歌的西班牙女人、小谢尔比、卡车司机韦斯利其实不是随意安排的。

他们每个人都有自己的生活困难，但他们还有另外一个特点，就是他们都很善良。无论是一个微笑，留下的20元钱，还是一次聊天，它们都给了马克无比的温暖与力量。

4. 双线叙事

这本书采取的是双线叙事。一条是马克线，以第一人称来写身体的痛苦和对理想的坚持。

另一条线是杰西线，用第三人称和不同的字体，字数也远远少于马克线，但其中对马克的牵挂和是否保密的纠结，让人也是惆怅百转。

5. 33首俳句

俳句的格式是5个字7个字5个字，在书中以马克的嘴说给小谢尔比听，当然也是说给小读者听。

虽然书里的俳句字数那么少，却意味深长让人沉醉其中。它表现出了马克顽强的意志和永不放弃的乐观精神，同时也透露出杰西对远行朋友的牵挂与忠诚。

它的内容是随着故事的进程慢慢往前发展，马克和杰西之间深厚的友谊，是困境中相互的坚守，鼓励和温暖。

三、必须走，必须

"山在呼唤。我必须走，必须。而且我要一个人走。"

书的开篇这18个字，简短而又强烈。走，必须走，一个人走！这份执念从开篇到结尾一直萦绕在每一个读者的脑海里。

这场出走不是一场说走就走的浪漫旅行，而是一个癌症的复发，身体虚弱，头疼欲裂，不停呕吐的男孩向死神声嘶力竭喊出的"不！"

恐惧和悲伤揪成一团，他不想这样等死。从一开始这就是一场打定主意有去无回的旅程，单程的票与极少的钱，故意忘记的家门钥匙，砸碎的怀表。

怀表那是故去爷爷的礼物——圆形玻璃面的老式银怀表。

嘀嗒，嘀嗒，嘀嗒。

时间，在流逝。

生命在流逝。

马克在不停地拍照，他记录下了破碎的银怀表，餐厅明亮的窗户，慢慢落下的拳头，勉强微笑的谢尔比……

他喜欢拍照，他喜欢捕捉什么的感觉，留存点什么的感觉，就像抓住生命的一个很小的片段，拍下照片，那个瞬间就不会消失，如果你捉住了它，它是你的，你就保有它。

马克热爱生命，他愤怒，他焦虑，他悲伤都是因为他爱爸爸妈妈，爱杰西，爱波波，爱这个世界。

他想要一个答案，一个关于生命的答案。

这场出走让他看到了各种各样的人，这场出走让他了解到每个人都有他无法言说的苦衷。

父亲是个混混的女招待，靠抢劫别人的那群孩子，冰冷的清晨在厨房里唱歌的天使，儿子死在远方的韦斯利，满心伤痛和愤懑的谢尔比。

所有人都如此。

人生就像一场风暴，每个人都可能迷失其中，谁也逃脱不了，我们都是当事人。可是我们还有朋友，我们还有善良，我们还有面临绝境时，向死而生的勇气。

《精神》

——文字，夜空中最闪亮的星

有些文字像深夜里的星星，抬起头，就能收获浩瀚的星光和遥远的温暖。《精神》这本书是一个短篇合集，由作者从以往众多的作品中亲自选编五个震撼人心的小故事，分别是《山羊不吃天堂草》《火焰如刀》《远山，有座雕像》《菊坡》《海边的屋》。

每个故事都有其完整的框架结构，其中优美的景物描写，极具个性的主人公，多线叙述的形式，充满张力的情节，使它们如同五颗璀璨的星星闪耀在文学的夜空下。

第一颗星：不敢，便是最大的勇敢

《山羊不吃天堂草》里对于贫穷的描写，如同锋利的刀片切割着每一位读者的心。贫穷带来的饥饿在作者的笔下真实得令人窒息。下雨的时候，明子都会伸出舌头接几滴春雨尝一尝。夏天在河边转悠，就是为了把透明的小生虾放在嘴里嚼一嚼。抵抗饥饿，成为生活中最大的事。饿，激起了人的动物本能，连看这个世界的角度都变了形，世间万物只有一个标准：能吃，不能吃。

在故事中，饥饿的还有明子家和其他六户的羊，饿，让羊变成了怪物。吃光了好草就吃不爱吃的劣等草，劣等草也啃光了，就悬起前蹄去叼榆树叶子，甚至违背羊性爬到树上去够。有些羊铤而走险，走到湍急的水流中间去啃芦苇、野茭白和野慈菇。后来，它们甚至开始袭击菜园和庄稼地。村里的人都说：再下去，这些羊是要吃人的！

明子家的羊是不吃庄稼的，即使母亲哭着说，吃吧，吃吧，乖乖。即使明子用树枝抽打着领头羊，大声命令，吃！吃！你这畜生，让它们吃呀！

它们已经饿得东倒西歪，但当一只羊忍不住要去啃一口麦子时，领头的黑点儿就会猛地冲过去，用犄角将它打击一下，那只羊又退回羊群。

明子和父亲把羊群带到40里水路以外的草滩，那里有大片的天堂草，清香，微甜。可是羊依旧不吃，父子俩眼睁睁看着它们一只一只死去。面对死亡，这群羊表现出了可贵的节制，它们没有闭上眼睛，而是用残存的生命观望着这即将见不到的夜色，聆听着万物的细语，平心静气地去接受死亡的到来。

"种不一样。"船主的话一次一次地在明子耳边响起。黑点儿的死悲壮得宛如末世英雄，它在夕阳里，并且把头冲向夕阳，站成了一尊雕像。

父亲的声音在飘荡：不该自己吃的东西，自然就不能吃，也不肯吃。这些畜生也许是有理的。

在《山羊不吃天堂草》这本书里，年少的明子由于生活所迫到外面的世界去闯荡，生活的艰辛，世态的炎凉，一一展现在明子的面前。被沉重的债务压垮的父亲又来信了，诉说家中的困难，明子用紫薇一家帮助他的200元钱全买了彩票，结果只刮出了一大堆生活用品。那种逼到绝路的孤注一掷和父亲当年20元买一只羊的行为多么的相似。后来明子揽到一笔大活儿，拿到1000元定金。明子多么想把这些钱卷走，但他始终不敢，他想起了家乡，想起了那群羊，想起了卖羊商贩说的那句"种不一样"。

不该自己吃的东西，不吃。不该自己拿的东西，不拿。你是否想起了《钓鱼的启示》里面父亲说过的话：道德只是个简单的是与非的问题，但是实践起来却很难。说容易，做到太难太难。

明子为什么不敢卷走那1000块钱去解决眼前的苦难？因为那群高贵的山羊曾经用死给明子上了一堂关于人生的课：饥饿、贫穷、困顿、痛苦，所有的一切都不应该成为你放纵自己的理由。不敢，便是最大的勇敢！

第二颗星：心火是不会灭的

《火焰如刀》选自《大王书》，《大王书》系列是作者历时八年精心构思而成，它是其迄今为止花费心血最多、最为重要的作品。幻想与文学融为一体，和他以往的作品风格有着极大的不同。文章从一开始仿佛就在读者面前放置了一个倒计时的大钟，不停地告诉你，快点，快点，时间不多了。柯对倦怠士兵的催促，茫心中的焦虑，熄等待彻底消灭茫的兴奋，都在暗示着这是一场关于时间的战役。

书中虽然没有明确告知我们故事发生的时间，但仅凭熄、蚯、柯、茫、瑶这些人物的名字，远古的荒蛮血腥之气已经扑面而来，把我们一下子就拉回到轩辕与蚩尤惊天大战的久远年代。

出逃自地狱的熄害怕智慧而美丽的文字总有一天会让人觉醒，于是开始了对文字的残忍屠戮。熄喜欢火，他用万丈火海发动了一场文字的浩劫。"熄"在《说文解字》里指灭火，也暗示了熄军最后的失败。

茫是个沐浴天地灵气的放羊少年，他是《大王书》的新主人，是他在危难时刻被万千难民拥立为王，与熄军展开殊死较量。茫，茫然，渺茫。这个懵懂的放羊孩子不知道自己肩负着什么样的使命，他茫然焦虑，唯一能做的就是通过《大王书》学习，并在柯的帮助下不断地成长，最终成为真正的王。

这不禁让我想起了作者在评价《萤王》的时候说的一句话：做一个高贵的人，一个坚定而充满信念的人，在坚持理想的道路上，终会得到生命的加冕，每个人都是真正的无冕之王。

在橡树湾一战中，鬼魅的邪恶之火，土灭不了，水灭不了，只有新火才能够战胜它。可是面对着橡树湾村民的以命相搏，茫流着眼泪用剑指着自己的军队吼道："我才不管什么天意不天意！谁胆敢砍掉一棵橡树，我就砍掉他的脑袋！"

茫对于村民的尊重，换来了村民的支持，几个身强力壮的橡树湾村民正拿着斧头一下一下地砍向他们视作生命的橡树。新火旺，旧火亡。这邪恶之火，只有用正义纯洁的新火才能消灭，而这新火皆来自人的心火。橡树烧出来的火光真好看，就像希望，就像未来……

那一直倒计时的大钟仿佛慢了下来，我耳边响起了茫军战士粗犷辽旷的歌声：

白太阳，

野菊香。

河山偕丧，

战马壮，

宝刀刚，

我武惟扬。

宇宙洪荒，

天道无亡。

杀尽犬狼，

回故乡……

第三颗星：苦难的梦特别真心

《远山，有座雕像》是一个短篇故事，讲述了一个年小体弱的小姑娘流篱和一个独臂男孩达儿的童年故事。

故事很短，悲伤的情绪像流篱手里长长的风筝线，牵动着你的心不肯松开。流篱，流篱，流离失所。达儿，达儿，求而不达。作者笔下的主人公名字都非常有讲究，常常暗藏着人物的命运脉络。

达儿的那股狠劲儿从那场孩子间的打赌就展现出来了，别的孩子一个比一个能耍滑头，他却真的翻到了那个谁也到不了的河滩，胳膊滴着血，头上冒着冷汗也咬着牙在城墙上一笔一画地刻上自己的名字。

这场玩笑似的赌局让他失去了一条胳膊，但这并不影响达儿的优秀，他篮球打得好，学习成绩棒。等到发录取通知书的时候，却没有达儿的，因为体检不合格，流篱哭成了泪人。达儿卖了心爱的运动服给流篱买漂亮的白裙子，他为了流篱的尊严和别人打架，流篱又是直哭。他找不到工作，妈妈也去世了，他选择了离开，流篱的眼睛里又蒙上了泪幕。

就像《红楼梦》里的林黛玉要用尽一生的眼泪来

还贾宝玉前世的灌溉之恩一样，流篱一直哭啊哭啊，等啊等啊，望着远山那座像达儿哥的雕像，也把自己等成了雕像。

看着你的眼睛，有太多太多泪不停，心疼你每一步爱的艰辛，苦难的梦特别真心。熊天平这首《你的眼睛》直至今日依旧打动着我，我也不清楚是歌曲本身，还是那些青春岁月里的感怀、惆怅、欢悦、悲伤一直让我无法忘怀，抑或两者兼而有之。

《远山，有座雕像》是个好故事，愿所有孤独的心，不再漂泊，愿所有善良的眼睛，不再看见人世的伤心。

第四颗星：以梦为马，执剑天涯

《菊坡》选自《根鸟》，是一部具有浓厚浪漫色彩的小说，在梦幻和真实中的来回游走，帮助读者随着根鸟一起体验人生的丰富滋味。

一切都源自一个开满百合花的大峡谷，白色的老鹰，和一个叫作紫烟的少女。扑朔迷离又充满诗情画意的梦境是根鸟出发的原因，离开菊坡，以梦为马的三年出走，象征着根鸟在现实与虚幻之间的苦苦挣扎。

当所有的人都对你说，别找了，没有的事。你还愿不愿意紧紧握着自己的梦，并继续自己的千里跋涉，万里苦旅？

根鸟记得梦中紫烟孤立无援、默默期盼的神情。他不愿意忘记，他也不肯忘记。父亲在昏暗的灯光里说："你就只管去吧。这是天意。"是不是觉得像极了现实生活中的桥段？

世界上什么最珍贵？新生儿的微笑，爱人的眼泪，还有不肯放弃的梦想！

第五颗星：房子不是家，爱才是

《海边的屋》选自同名小说《海边的屋》，当失去家人、家园的时候，我们该如何保有美好的回忆，又该如何勇敢地面对接下来的人生呢？在作者淡淡的描述中，我们看到了最为真挚的亲情。

祖父八岁那年，和他的父亲被困在海上五天五夜，曾祖父把一罐淡水全都让给了祖父，浓雾散去，曾祖父活活渴死了。这大概也是祖父一直不肯离开大海的原因。当推土机朝着茅屋开来时，祖父吼叫着冲上去躺在了推土机的轮下。在祖父心里，茅屋是家，是不能割舍的亲情。

祖父把霜拢在怀里说："我真傻，还指望你以后能出海打鱼呢？"霜恳求祖父一起走，祖父说："我老了，不想再动了。"搬进城的霜整天想念祖父和大海，想着想着就哭了，月也跟着哭。可是都不知道为什么要哭。哭得没有道理。

祖父的倔强挡不住寒色森森的钢铁怪物，祖父用一把火把茅屋烧成了一摊灰烬。然后带着霜出海去了，浪把小船卷走，只剩树叶那么大了……

《精神》这本书和我们共同探讨了关于人生底线、信念、感情、梦想、家人这五个话题。其实即使只是读故事，感受语言，就能够收获很多。但不够，真的不够。我希望你能安静下来再想想，这五个故事里面所包含的巨大的精神力量对你究竟有什么用？

不吃天堂草的羊，不肯砍橡树的茫，不肯向生活低头的达儿，不肯放弃梦想的根鸟，不肯忘记的祖父，每个主人公都有他死也不肯割舍的执念，正是这份执念，让我们看到了属于我们人类共有的精神力量，这些力量也应该属于你。

感谢这本书，里面的五个故事如同天上耀眼的星星，组合成了那个叫作"精神"的星座，每次抬头望去，总会带给我们勇气、力量和温暖。

《阁楼里的秘密》

——情感才是最贵重的"礼物"

老付给大家推荐的这一套《阁楼里的秘密》，是针对7—14岁孩子的世界人文历史通识教育而设计，是一套巧妙嵌入了人文历史知识的探险故事集。

这套书是美国学校书展上的畅销图书，以两年一册的频率接连更新，目前已出到第六册，依次为《迷失克里特》《勇探金字塔》《庞培的烈焰》《特洛伊木马》《寻找哥伦布》和《华盛顿之战》。

下面老付就和你说说如何同孩子聊这套书。

一、真实的"幻想游戏"

阁楼最接近天，一直都被认为是人类潜意识的隐喻。作为一个幽闭黑暗的空间，阁楼极大地激发了孩子们的想象力和对未知的恐惧。几乎所有的孩子都对阁楼着迷，因为又怕又想了解的滋味太吸引人了。

在《阁楼里的秘密》丛书中，一对性格迥异的双胞胎兄妹在阁楼里找到叔叔的大箱子，里面的罗盘和线索带他们一次又一次穿越时空。

跟随时间旅行者哈里叔叔把一件件宝物归还的过程中，他们不仅增长了见识，变得勇敢，也逐渐从世界上最著名的历史人文事件中建构出属于自己的生命意义。

与孩子聊这套书的时候，可以用"幻想游戏"的方式重现故事中的精彩情节。不需要那么多道具，要充分利用想象力，也就是我们俗称的"想什么，来什么。"

成人可以参与，也可以鼓励孩子与小伙伴一起玩儿，在现实与幻想中体验真实的情感，体会勇敢，体会友谊，体会恐惧，体会成功。

我们的孩子不可能真的去经历吃人的牛头人，庞培的毁天灭地，哥伦布船上的强烈风暴和美国独立战争的凶险，但是他们扮作主人公，体会冒险的乐趣。在每一次紧张刺激的历险中，获得心灵世界的成长，从而学会面对真实世界的种种难题。

二、知识有"用"才有用

一百多年前，怀特海在《教育的目的》里写道："我们要教得少一点，深一点。对于这个观点，我深以为然。"

作为成年人，我们应该帮助孩子找到打开知识大门的钥匙，而不是把零散的不成体系的知识一股脑儿丢给他们。

我们经常说喜欢才会放肆，爱就会克制。正是因为对儿童的理解和热爱。作者克制住了往书里噼里啪啦塞知识的念头。

虽然这套书的目的是向儿童介绍世界人文历史，但书里所有的知识均为故事服务，均为儿童的兴趣和感情服务。

整套书在充分激起儿童好奇心的基础上，自然而然地借助杰茜的平板计算机"小魔仙"去了解相关背景知识，并利用知识去解决当下面临的困境。这样的处理不仅不会引起儿童的反感，反而会对知识的学习产生正向的积极的感悟。

例如，在《庞培的烈焰》一书中，杰茜利用"小魔仙"了解到阿波罗神庙的入口处有一座太阳钟，也叫作日晷。查看完时间，他们知道是上午8点钟，而这时离维苏威火山爆发只剩4小时了。

时间的紧迫让兄妹俩加紧了寻找哈里叔叔的步伐，巧遇小斯巴达克斯也终于让他们找到了线索。你看，利用太阳的影子读取日晷上的数字不再是生硬的知识，而是帮助孩子解决问题的途径。这才是真正好的人文历史类书籍。

虽然书中没有过度强调"小魔仙"的作用，但是杰茜每次输入关键字查找资料的行为还是深深印刻在孩子的脑海中。我深信，当我们的孩子遇到现实的困难时，也会第一时间去查找资料，想尽办法解决问题的。

作为成人，我们要鼓励孩子去查找相关的资料，并让他们思考其他的解决路径，从而与书中的主人公进行更深入地交流。

三、对世界充满"好奇心"

如果只是单纯的学知识，那你小看这套书了。书中所有的描写都严格依据史料，如《阁楼里的秘密·勇探金字塔》一书中，服饰、狩猎、下棋、建筑、送葬、木乃伊制作等全部都是根据考古发现，真实还原3300多年前的场景。

在故事中，孩子自然而然地浸润在历史的长河中。知识不再是生硬死板的文字，而是生动现实的生活场景。作为成年人，不要总是恨不得把全世界都推到孩子面前。我们要做的是勾起孩子对这个世界的好奇心，并把打开这个世界的"钥匙"送给他。

这套书正是通过伊卡鲁斯、图坦卡蒙、庞培、特洛伊、哥伦布、华盛顿等一个个名词背后的故事，激发起孩子们的兴趣，从而让孩子自己主动去打开世界的大门。

成人除了鼓励孩子去查找书中提到的资料，还要鼓励孩子去查阅相关的周边资料。例如去看看希腊神话，了解一下埃及其他的法老，读一读《独立宣言》等。这才是这套书最大的意义，是的，它如同一根魔力火柴，点燃孩子对这个世界的好奇和渴望。

四、情感才是最贵重的"礼物"

看了很多以故事为线索，嵌入人文历史知识类的书。知识放得太多太重，读起来又累又烦。零散的知识没记住，对阅读的兴趣也有所损伤。这套书非常了不起的地方，就在于最重的部分是情感。

在《迷失克里特》一书中出现的人物伊卡鲁斯来自希腊神话。他的父亲代达罗斯为了带着儿子逃离克里特岛，收集了许多海鸥的羽毛，用蜡黏接，制作成两副巨大的翅膀，在他们准备好飞向自由时，代达罗斯告诫儿子，不要飞得太快或太高，因为阳光会把蜡滴融化，将翅膀毁坏。飞翔途中，伊卡鲁斯忘记了父亲的话，最终坠落大海。

在画家勃鲁盖尔的《伊卡鲁斯坠落》中，画家讽刺伊卡鲁斯骄傲自大，并表明神坠落和人民一毛钱关系都没有。但《阁楼里的秘密·迷失克里特》中，伊卡鲁斯不再是神话故事中被人嘲笑的主人公，他是生死与共、忠诚可靠的朋友。

临别时，杰茜叮嘱他蜡遇热会融化，别飞得离太阳太近。伊卡鲁斯大笑说："你就像我父亲一样唠叨。"

读到这儿，我好难过。原来，在命运的凝视下，我们什么都改变不了。

难过的感觉让我很震惊，作为一个儿童阅读推广人，作为一个读过大量儿童读物的成年人，我竟然也被完全代入故事中，与伊卡鲁斯产生了真实的情感联结，对希腊神话故事重新燃起了想要一探究竟的热情。

这样的例子在书中比比皆是。还有《阁楼里的秘密·勇探金字塔》一书，哥哥乔西与年轻法老图坦卡蒙一起"捕猎河马"，在杰茜的电子平板的帮助下，我们对这项危险的捕猎活动有了全面的了解，真是九死一生的狩猎啊。兄妹俩和法老绝对算是生死之交了。

杰茜与图坦卡蒙下棋的过程也十分动人，相对于大块头"宰相"的粗暴，图坦卡蒙既温柔又可爱。他说他的姐妹们棋下得也很好，他对杰茜赢了他一点都不在意，反而很欣赏。

正是因为有了这样一点一滴的感情基础，后面得知图坦卡蒙英年早逝，真是心如刀绞，万分不舍。同时也愿意跟随兄妹俩为他的"重生"而历尽千辛万苦，不达目的决不罢休。

随后我也查阅了关于图坦卡蒙的大量资料，看着他金光闪闪的金面具，看着他已经发黑的木乃伊，看着他复原图中年轻的面庞，我竟然热泪盈眶。

这套书我推荐给了自己的女儿和学生，我和他们聊图坦卡蒙的"诅咒"，聊伊卡鲁斯的巨大翅膀，聊美国独立日……

孩子们说，真希望诅咒是真的，任何人都不应该打扰图坦卡蒙的重生之路。

孩子们说，伊卡鲁斯并不蠢，他只是太年轻，太渴望自由，太渴望飞翔的感觉。

......

学问走进生命，最重要的途径就是产生真实的情感联结。

这套书，做到了。

《列那狐的故事》

——一只让你永远猜不透的狐狸

如果你翻阅法国文学史，绝对不会错过这本写于12世纪末最著名的动物童话——《列那狐的故事》。这个故事脱胎于民间传说，它没有一个唯一的作者，甚至没有一个"定本"，几乎每个时代的编者都会按自己的理解对故事进行修订。

这本书的主角是一只狐狸，狐狸在古法语中被叫作"goupil"，在现代法语中被叫作"renard"。因为列那狐的故事太有名了，在法国几乎是无人不知，无人不晓，所以"renard"取代了"goupil"成为狐狸的代名词。

这只存活在文字中的列那狐凭什么能红800多年，并收获无数大小粉丝？我们又该如何阅读呢？下面我从三种阅读策略入手和你聊一聊。

一、永远也想不到的情节——猜测策略

在列那狐的故事里，总会给人一种作者与读者

博弈之感。读者拼命地猜结局，作者拼命地反转，让你永远在意料之外，从而能够不停地享受阅读的惊喜与快乐。这可能与列那狐的故事最开始是吟游诗人口头传诵有关，为了吸引民众围观，故事情节必须跌宕起伏。

例如《狐狸与山雀》这个故事，最开始山雀不相信列那狐的花言巧语，什么早上的一个吻，列那狐的恶行径在山雀眼里就是魔鬼附体了。后来列那狐套上了山雀长子教父的关系，又假传旨意，说狮王颁发了和平诏书，邦内禁止一切仇杀。聪明的山雀才不上它的当，直接拒绝了，并让它把吻送给别人。

一般的寓言故事到这里，就应该是狐狸悻悻地离开，并骂一句：呸，谁要吃你，你的肉还不够我塞牙缝！可是这是列那狐啊，它使出杀手锏说自己闭上眼睛，让山雀来亲一亲。乖乖，是不是觉得山雀死定了？山雀看它一片诚意，就慢慢走近，拿树枝轻轻挠它的触须。列那狐以为时机已到，"啊呜"一口满嘴树叶树杈。

哈哈，是不是以为故事到此结束了？才没有呢！纵使山雀一直大骂，列那狐依旧给自己开脱，说自己是在闹着玩儿。哎，脸皮真厚呢！山雀又一次让列那狐闭上眼睛，这次山雀来个声东击西，列那狐的脸刚朝左面转去，山雀倏地跳到右边，列那狐没有察觉，脖子一伸，张牙一口，咬了个空。

这次该结束了吧？哈哈，还是没有。山雀这次真的急了，赌誓说如果再相信它一言半语，就天诛地灭。列那狐又鼓动如簧之舌，说自己是罚它，谁让它们胆小，并要求非得来第三次，三次才算数。

山雀远远瞥见有一群猎人，马上喊起来："有狐狸……抓狐狸呦！"

后面山雀有没有被吃掉，列那狐又有没有被抓到，我不说，你自己去文中看。不过，看的时候不要急，停下来，根据已有的信息猜一猜后面会发生什么，这就是预测。无论猜得准不准都会提高你的阅读兴趣和阅读能力呢！试试看。

二、大灰狼究竟是蠢还是贪——提问策略

在阅读第四章"尾巴钓鱼的奇闻"中，我们可不能光读故事好玩儿。读完之后，还要停下来想一想，为什么大灰狼会上当，把自己弄得差点儿命都没了？这就是提问的策略，在阅读中问自己问题是一种非常好的阅读方法。这时候很多孩子会说，大灰狼太蠢了呗。有道理，但不完全对。我们自问自答的时候，一定要回到文本中去。

在文中，大灰狼因为被开水烫得晕乎乎的，是很生列那狐气的。直到列那狐说冰窟窿里可以钓鳗鱼，它才开始跟列那狐说话。列那狐说没有绳子，挂不了水桶。大灰狼可是自己急中生智提出把水桶拴在尾巴上的。

大灰狼在钓鱼的中途，有没有可能发现列那狐的

诡计呢？你看，这又是提问的策略，在阅读前和阅读中、后，我们是可以不断给自己提问的。天那么冷，只要它中途放弃，它就会发现整个就是一场骗局。可是它为什么那么冷的天，一直一直坚持在冰上坐着，偶尔扭一下身子还得怪自己不能自制，把鱼吓跑了呢？

通过这样的提问，我们会发现列那狐固然狡猾奸诈，但真正让大灰狼吃尽苦头的，其实是它自己的贪念。

你学会提问的策略了吗？记住哦，要问真的问题，就是你觉得奇怪的，不理解的，想知道的，有矛盾的问题。除了可以自问自答，和同伴、老师交流也是一种不错的阅读方法。

三、读出文字中的言外之意——批注策略

列那狐的故事情节有趣，所有我们经常会忽略掉里面那些含义深刻的句子。

例如"初试锋芒"这个故事，刚吃完饭的大灰狼听到有人敲门，那是老大不乐意，嘀咕着走去开门。一瞧外面，顿时容光焕发，喜形于色：原来是他外甥，列那狐！但是瞧他那副倒霉相，饿着毛，两腹空空，眼神无光，鼻尖干涩，耷拉着耳朵，怪可怜见的。

我们读到这部分时可以画上"老大不乐意""顿时容光焕发""喜形于色""倒霉相"等词，在对比

中我们就会发现这对舅侄之间的虚假感情。

饿得不成样子的列那狐看着屋角上挂着的几条鲜嫩羊腿直咽口水，大灰狼却只给它吃羊腰子羊肝。后面的对话简直太精彩了。

"好啊，老舅，你们挂着的几条羊腿真呱呱叫！不过，你们不该挂出来给人看到。万一偷东西的，一下子来了，一下子又走了，你们跟羊腿就算再见啦！再说，有什么朋友呀，亲戚呀，想要一片尝尝，总得给吧。我要是你，就全留给自己，把羊腿藏起来，推说给偷走啦。"

"外甥，谁要能偷走这几条羊腿，算他有本事！更不要说开口来要了，谁要也不给！就是爷娘老子，兄弟姐妹，宁可让他们活活饿死，也不给他们吃上一口！"

有趣吧！我们可以用连线的方式画一画列那狐和大灰狼的语言对应部分。列那狐说羊腿可能会被偷走，对应大灰狼就是能偷走算他有本事。列那狐说什么朋友呀，亲戚呀，想要一片尝尝，总得给吧。对应的就是大灰狼的，宁可让他们活活饿死，也不给他们吃上一口。

一画我们就发现，两个人表面客客气气，其实已经是刀光剑影了啊！列那狐说的亲戚想尝一片，不就是说自己嘛。大灰狼更是绝，别说是亲戚，就是爷娘老子都不行！

在圈画批注的过程中，我们会进一步发现列那狐和大灰狼的性格，以及两个人的关系。这就是批注的策略。在后面的故事中，你也可以继续使用这一策略。

在阅读时，如果你能够不断地使用以上三种策略，不仅可以帮助你更好地理清故事情节，把握人物形象，还可以更深入地理解语言，探究主题。

列那狐这个人物形象不同于其他的儿童文学中的人物，它不是扁平化的，它非常的立体。一方面它欺侮比它弱小的动物，另一方面又敢于戏弄权贵。一方面它对待小兔子、公鸡等动物残忍至极，另一方面它对妻子和孩子又温柔异常。所以列那狐真的是一个非常迷人、饱满的角色。

这本书也非常适合重读，不同的翻译家会在故事里放入不同的方言，这本书的作者使用的方言也是别有趣味。重读的时候可以找出来大声读一读，也很有意思呢！

除此之外，文中涉及的法国饮食、宗教、宫廷的传统等也可以为我们了解12世纪的法国社会开了一扇窗。

《全部都喜欢》

——万物皆有灵

《全部都喜欢》是金子美铃的精选诗集，里面收录了150首诗。如何解读一首诗的方法很多，诗里的元素更是不可计数。下面我们就从诗的元素入手，说一说如何走进一本诗集。

一、言有尽而意无穷

王国维《人间词话》开篇就写道："词以境界为最上。有境界则自成一格，自有名句"。诗家所说的境界包括物境、情境和意境三境。王国维的境界是指"言有尽而意无穷"。金子美铃的诗里同样有这种"言有尽而意无穷"，例如下面这首诗：

桂花香

桂花香
满庭院。

> 大门外
>
> 风吹来，
>
> 进去还是不进去？
>
> 风儿们正商量着。

就这26个字，把桂花的香气从半个世纪前金子美铃的院子吹进了我们的怀里。桂花可以有多香？金子美铃说——"满庭院"，这个"满"字和《桂花雨》里的"浸润"异曲同工。香味如此浓郁，一整个院子满满的香气，持久不散。风儿为什么要商量进不进去呢？唉，那么香，谁不想进去闻闻呢？唉，那么香，一进去满庭的香就会被吹散了。

站在风的角度写进退两难的纠结，表面上是写风，其实写的是自己对于桂花香气的迷恋。一句"风儿们正商量着"，把整个诗的意境推向了更远处，让我们不禁莞尔，眼前仿佛出现了徘徊在门口的风儿还在商量着到底要不要进去……这种感觉就像喝茉莉花茶，茶已经入喉，香气却还在唇齿间回旋，这正是言有尽而意无穷啊。

二、万物命名

万物命名也是写诗的一种方法，在某个特定语境，通过给事物重新命名的方式，引导人们发现世界的另一面。例如下面这首《乳汁河》，就是用了万物命名的方法。

乳汁河

小狗狗啊，不要哭，

天就快黑啦。

天一黑

就不怕没有妈妈了，

你会看见

深蓝的夜空里

若隐若现

流淌着一条乳汁河。

这首诗里的"乳汁河"其实就是给银河重新命名，如果脱离了这首诗的语境，"乳汁河"其实是很难理解的。但回到这首诗的语境，我们就能感受到诗人对小狗狗的同情和安慰。哭泣的小狗狗，失去母亲的小狗狗，天黑不是应该更害怕吗？诗人却说，天一黑就不怕没有妈妈了，因为深蓝的夜空里会流淌着一条乳汁河。

浩瀚的夜空，从这一刻，俨然成为小狗狗的母亲。小狗狗只要仰望星空，就能回家，就能获得安全感。孤苦的小狗狗变成了自然之子，自然会像母亲一样保护它，滋养它，它会长大的……

这是否也是金子美铃对自己说的话呢？在金子美铃眼中，万物皆有名，万物也皆有灵。

三、"陌生化"手法

"陌生化"这一美学概念是由俄国文艺理论家维克托·什克洛夫斯基提出来的。作者对文字运用、谋篇布局、情节设计和人物刻画进行"陌生化"的艺术处理，把读者所熟知的去掉或者把文章进行变形和超常规的处理，从而激起读者的惊讶和好奇心，重新唤回人们对于生活的敏感性。（节选自任为新先生的《陌生化和语文教学》）金子美铃的诗里也有陌生化的写作手法。例如：

海底花园
——于泽江的海

入海口水底的花园
从船上就能看得见。
飞舞着的是光的白蝴蝶，
摇荡着的是绿色时钟草。
好像牡丹那样，紫色的，
花儿般的水母数也数不清。
如此美丽的花园，
陆地上没有。
不过，那是不起眼的，
海滨决明子的花儿啊。
在遥远的外海海底，

山丘呀，山谷呀，河岸呀，

还有，海龙王的

龙宫庭院里开着的花儿，

是只知道陆地上花儿的孩子，

想都无法想象的。

金子美铃把海底的景色想象成了陆地上的花园，这就是"反常化"的写作手法，把人们已经习以为常的大海变得神秘而浪漫，重新引起人们的目光和兴趣。

《海底花园》中的反常化手法（比作）	
海底的花园 （入海口）	陆地上的花园 （海滨花园）
飞舞着的光	白蝴蝶
水草	绿色的时钟草
水母	紫色的牡丹花
山丘、山谷、河岸、龙宫的花……	无法想象

时钟草：常绿藤蔓植物，形状很像时钟上的文字盘。

这首诗比较难理解的是第五小节，在和翻译吴菲女士沟通后，得到了目前金子美铃纪念馆专家们比较赞同的一种解释：

前四节铺垫：入海口水底的花园，比陆地上的花园美丽得多。第五小节转折：可是这浅海里的花园跟某个地方相比，简直就像陆地上最不起眼的决明子的花那样普通。最后两小节：那就是没法想象的龙宫花园。

四、结合作者的生平讲

都知道读诗要结合作者的生活背景，那如何结合呢？我下面用《全都喜欢上》里面的金子美铃年表为例，从而展现拆书的力量。

全都喜欢上

我好想喜欢上啊，

这个那个所有的东西。

比如葱，还有西红柿，还有鱼，

我都想一样不剩地喜欢上。

因为家里的菜，

全都是妈妈亲手做的。

我好想喜欢上啊，

这个那个所有的一切。

比如医生，还有乌鸦，

我都想一个不剩地喜欢上。

因为世界的全部，

都是上天创造的。

因为是妈妈亲手做的菜，葱也喜欢，西红柿也喜欢，每天都吃的鱼也喜欢。因为这世界是上天创造的，打针的医生也喜欢，黑黑的乌鸦也喜欢。一个父亲客死他乡，跟着寡母过活的女孩儿，微笑着对你说，她喜欢这个世界，全部都喜欢。此刻，你的心里又是什么样的感觉呢？金子美铃的一生或许是场悲剧，但我一点都不觉得她悲惨，因为她心里有诗，有光，有爱，有喜欢。

真正悲惨的人生，是你准备离开的那一刻，才猛然醒悟自己从未活过吧。这个世界努力地把我们每个人都变成千篇一律的皮囊，我们就像《小王子》里面的点灯人，努力地点灯，熄灯，点灯，熄灯，却不知道自己为什么要这样做。我们对当下的生活并不满意，但也并不知道自己究竟喜欢干什么。我们甚至都找不出一个词语来形容自己所过的生活。

很多年以前，一个叫梭罗的诗人就写下过这样的生活状态："我们大多数人，都生活在平静的绝望中。"

金子美铃的诗就这样横冲直撞地闯入我们平静的绝望中，她用孩子的心用力地拥抱着世界上的一切，然后坚定地告诉我们：喜欢！全部都喜欢！上天恩赐的一切，我都喜欢！

乌鸦有用吗？绘画有用吗？不可口的饭菜有用吗？唱歌有用吗？诗有用吗？喜欢这些没有用的，会不会很浪费时间啊？时间那么少，我们不是应该把时间用在更有用的事情上吗？

我不知道怎么回答你，我只想告诉你，我从来没有忘记过《死亡诗社》里约翰·基廷老师说过的那句话："没错，医学、法律、商业、工程，这些都是崇高的追求，足以支撑人的一生。但诗歌、美丽、浪漫、爱情，这些才是我们活着的意义。"

1. 书和海

金子家开始在仙崎经营书店。这一条让我们了解到金子美铃从小是在自家书店长大的，能写出那么多的好诗，与她成天浸润在书中有关系。但如果你认为她整天可以在"金子文英堂"舒舒服服地读书写诗，那你就错了。从懂事起，她就在镇上这唯一的一间书店帮忙，她的童年并没有像其他小朋友那样的自由和欢乐。她的童年只有书，还好，还有书。

书和海

没有哪个孩子，像我这样，

拥有各种各样的书。

没有哪个孩子，像我这样，

知道中国和印度的故事。

他们都是不读书的孩子，

他们都是无知的渔夫的孩子。

他们去他们的大海，

我读我的书，

在大人们睡午觉的时候。

他们这会儿，正在海里，

在波浪间游泳、潜水，

像人鱼似的，在玩耍吧。

我在书里读着，

人鱼的故事，

　　　　我也想去海边了。

　　　　忽然，我也想去了。

　　读了这首诗，眼前仿佛出现那个手里拿着书正在看店的小金子美铃，她伸着脖子望向海边，那些晒得黑黑的同龄孩子，像人鱼似的在波浪间玩耍，笑声在她耳边回荡。她也好想去啊，可是她不能去，她要看店，妈妈和祖母已经很劳累了，她要懂事。痴痴地盯着海滩的小金子美铃，手里小人鱼的书缓缓滑落也没有发现，好想去啊，真的好想去。

　　2.有些东西看不见

　　1907年弟弟正佑被过继给姨夫松藏。

　　1919年母亲与松藏再婚。

　　1926年与店员宫本启喜结婚。11月女儿房江出生。

　　因为正佑从小被过继给姨夫松藏，所以他并不知道自己的身世，他与美铃以表姐弟相称。表弟"正佑"第一眼就暗恋上了表姐，正佑攻读音乐作曲，酷爱文学诗歌，是美铃童谣作品的第一读者。共同的爱好，使两个人的感情不断加深。母亲和继父为了不让正佑知道自己的身世，同时也为了能够把宫本启喜拉作自己人，于是一手促成了宫本和美铃的婚事。

　　正佑极力反对无果，一贯温婉顺从的美铃也就茫然地答应了。宫本启喜大美铃两岁，在股票界混迹多年，跟一名妓女殉情未遂，对方丧命。他是做商人的好料子，对文学诗歌毫无兴趣。两个世界的人硬捆绑在一起，不能说谁对谁错，从一开始，这场婚姻就注定了是个悲剧。

星星和蒲公英

蓝蓝的天空深不见底，

就像小石头沉在大海里，

一直等到夜幕降临，

白天的星星　眼睛看不见

看不见却在那里，

有些东西看不见。

干枯散落的蒲公英，

默默躲在瓦缝里，

一直等到春天来临，

它强健的根　眼睛看不见

看不见却在那里，

有些东西看不见。

　　宫本因品行不佳被书店辞退，他们生活窘迫，频繁搬家。美铃的忍耐和恭顺在宫本眼里变成了冷漠高傲和不屑。他跟另一个艺妓相好，美铃想要离开的时候发现自己怀孕了，女儿的出生，让美铃获得了短暂的温暖和幸福。不久，美铃发现自己被丈夫传染了淋病，在没有青霉素的年代，淋病就是不治之症。她忍耐着疼痛和不适蹒跚着跟女儿玩耍。不能与女儿共浴、疾病带来的痛苦、丈夫的粗暴，所有的一切都在折磨着美铃。内心的痛苦与绝望，外人看不见，对诗歌和生活的热爱，外人看不见，看不见却在那里，有些东西眼睛看不见。

3. 蚕茧和坟墓

1924年西条八十赴法国游学。

1926年西条八十归国。

1927年在下关车站与西条八十会面。

1928年美铃卧病在家，被丈夫禁止进行童谣创作，以及与外界的通信。

1930年2月27日离婚。3月10日服毒自杀。

1931年西条八十发文悼念金子美铃，完整引用了《蚕茧与坟墓》。

为什么在美铃的生平中会出现这么多次的西条八十？

西条八十作为日本象征主义诗人，拥有很高的地位，他是美铃的恩师，也是美铃最大的安慰和希望。他的《麦秸草帽》后来被改变成电影《人证》的插曲，悲怆苍凉的曲调，如泣如诉的歌词风靡一时。

麦秸草帽

妈妈，我的那顶草帽不知怎么样了？
就是那年夏天在从碓冰去雾积的路上，
掉进峡谷的那顶麦秸草帽哟！
妈妈，那是我喜爱的帽子哟！
可是，突然刮来一阵风，
那时，叫我多么懊恼。

妈妈，那时从对面走来个卖药的青年，

他脚缠藏青的绑腿手戴保护套，

千方百计想帮我拾回那帽子，

但终于没有拾到手。

因为那是很深的峡谷，

而且长满了人高的草。

妈妈，那顶帽子真的怎么样了？

当时盛开在路旁的小百合花，

也许早已全都枯凋？

秋天，在那灰雾笼罩的山底，

那帽下，也许每晚都有蟋蟀在鸣叫。

妈妈，现在一定是——

在那峡谷里，像今晚一样，

静静地落满了秋雪，

要把那曾经油光闪亮的意大利草帽，

和我写在那上面的"Y.S"字母一起埋掉，

悄悄地、凄凄地埋掉！

1927年夏天，西条八十去一次演讲途中，要经过下关，他特意约金子美铃在火车站月台见了一面。那也是美铃一直以来的一个愿望。虽然只有短短的五分钟时间，却是两位诗人生前唯一的一面，也成了日本诗歌史上"不死的五分钟"。

美铃去世后，西条八十在《下关一夜——追忆逝去的金子美铃》一文里，记录下了他们在月台上见面的情景：

那是我为了春阳堂的圆本全集的讲演会，偕同松居松翁、上司小剑先生奔赴九州途中的事。因为是她一直以来的愿望，我事先发了电报通知她。黄昏时分我在下关车站下车，站台上却怎么也寻不见那个身影。时间有限，我拼命地在车站内四处寻找。好不容易才发现她伫立在一个昏暗的角落，仿佛害怕被人看见一般。她看起来二十三四岁的样子，蓬乱着头发，穿着家常衣服，背上背着个一两岁的孩子。

这位年轻的女诗人，论作品，有着丝毫不逊于英国的克里斯蒂娜·罗塞蒂女士的华丽想象，而她给我的第一印象却像个后街小商店的女店主。不过，她容貌端丽，眼睛像黑曜石一样闪着深邃的光芒。

她说："为了拜见您，我翻山越岭地来了。然后还要翻山越岭地回家去。"写信时那么雄辩，开头总是写："先生您读也罢不读也罢我都不介意。我只是像自言自语一样把自己所想的写在这里。"一写信总是近十页的她，见了面却寡言少语，只有黑亮的眼睛会说话。恐怕我当时与她交谈的时间还不及我抚摸她背上的那个可爱的婴孩的头的时间多。

就这样，我们来不及谈论什么就告别了。转乘渡船的时候，她在人群中挥着白手绢，不一会儿，身影就消失在混杂的人流中。

1929年，美铃的病情已经变得十分严重，有时甚至不能起身，只得躺在床上了。她把自己的作品誊抄了两份，一份给了正佑，一份邮寄给了西条八十。

1930年，美铃在与丈夫办理离婚手续的过程中，宫本启喜突然反悔想夺回女儿的抚养权，并准备3月10日接走女儿房江。当时的法律规定，孩子只能归父亲所有，母亲没有抚养权，也就是说美铃从此将失去自己的女儿。被淋病折磨得连下床走路都困难的美铃，已经被逼到了绝望的悬崖边！

3月9日，她陪伴着亲爱的女儿玩了一个上午。午饭后，她把女儿托付给母亲，强撑着病体，穿上最好的衣服，独自去照相馆照了一张相。

回来的路上，她还给女儿买了刚上市的樱花糕。

晚饭后在给女儿洗澡时，她轻轻地又哼唱了一遍她自己的妈妈为她唱过的那首摇篮曲，可惜她仍然只记得这样两句了："白银的船，黄金的桨。"

从洗澡间出来，美铃和母亲、养父、女儿分享了她买回的樱花糕。然后，她送女儿走进姥姥的卧室去睡觉。

当美铃退出母亲的卧室时，她站在门外看着女儿，轻轻说了一句："她睡觉的样子多么可爱！"母亲和女儿都不会想到，这将是美铃对她们说的最后一句话了。

她悄悄地回到了自己的房间，平静地写下了三封遗书，分别给宫本、母亲和养父还有正佑。

她在给宫本的信上写道："你一定要带走房江的话，我也没有法子了。但是，你能给她的只有金钱，而不是精神食粮。我希望她长大后拥有丰富的心灵。"

给母亲和养父的信上写着："……请好好照顾房江。我现在的心情，跟今晚的月亮一样平静。"

写给正佑的遗书的最后一句是："再见了，我们的选手，勇敢地往前走！"

她把这三封遗书和白天去照的那张相片（那是她给自己照的遗像）的领取证，整齐地放在床边。然后，她安静地吃下了她早就准备好的安眠药。

（从"1929年"到"吃下了早就准备好的安眠药"节选自网络文章，是否属实无法考证，真相只有当事人自己知道，老付把它们放在这里仅供大家参考。）

蚕茧与坟墓

蚕宝宝要到
蚕茧里去，
又小又窄的
蚕茧里去。
但是，蚕宝宝
一定很高兴，
变成蝶儿
就可以飞啦。

人要到
坟墓里去，
黑暗冷清的
坟墓里去。
然而，好孩子
会长出翅膀，变成天使
就可以飞啦。

26岁的金子美铃，长出翅膀，变成天使，飞了……

4. 一本差点就错过的诗集

1982年矢崎节夫几经周折找到正佑，并开始为《金子美铃全集》奔走。

1984年出版《金子美铃全集》供不应求。

……

2003年金子美铃诞辰100周年，长门市金子美铃纪念馆正式开馆。

金子美铃去世后的52年，一个大一学生偶然读到了《鱼满仓》，他深受感动，之后多次探寻作者金子美铃的其他作品均无果，一次偶然的机会他找到了金子美铃的胞弟正佑，这才让金子美铃的诗集得以重见天日。这个大学生就是现在金子美铃纪念馆的馆长——矢崎节夫先生。

感谢金子美铃在生命的尽头完成了诗集的整理，感谢正佑对姐姐遗物的妥善保存，感谢矢崎节夫先生的不放弃，感谢吴菲女士的精彩翻译，感谢苏卡的精美插图，感谢果麦文化传媒有限公司的引进，感谢责任编辑，最最要感谢的是正在读这本诗集的你。因为所有人的努力，珍惜，不放弃，我们此刻才能捧着这本来之不易的诗集。

《神话意象》

——神说，要甜必须苦过

意　象

象形字　象帝　八卦　铸鼎象物　旗物……

象教：刻木为佛，以形象教人。

对很多人批评的"读图时代"的理解有了不同的感受。

图像给予人宝贵的视觉原型暗示。

瓷器文化、石器文化、玉文化、建筑、工艺品、民俗礼仪都可以看作非文字系统的文化图像叙事。

狼图腾还是熊图腾

初衷只是想看神话意象，原型什么的，

结果看到了有关《狼图腾》的文学批评，

真是不同的知识背景看待同一本书，

视角和感受是完全不一样，

这种心平气和，有理有据有节的论述，

真是令人赏心悦目。

叶老师说得很明白，你如果鸟悄儿地弄，

没人理你。

可是现在不同了，

好莱坞大牌导演都开始宣传了，

因为小说的虚构而导致社会认识的误导，

那就要出来说道说道了。

这个和为什么那么多专家批评于丹，

批评那位让贾宝玉得新冠的老师，

本质上是一样的。

学者不能光低头做学问，

上天给了你才能和影响力，

那就要担负起该担负的社会职责。

熊图腾还是狼图腾

这才是好的学者，不东拉西扯地凑字数。

学术讨论有理有据，态度不卑不亢不疯。

凡引必注，不偷换概念窃取他人研究成果。

为什么是熊图腾而非狼图腾？

1.非文字资料年代久于文字资料。

2. 熊的图腾形象在全世界都有。

3. 13万年至3万年前的尼安德特人祭坛遗址中发现熊的头骨。

4. 熊有冬眠的习性，给初民死而复生的印象，这使它成为图腾首选物种之一。

跟熊图腾有关的熊女神，女祭司，还有温加文化中的母子熊，这些都非常令人兴奋。

女性的巨大力量一直被封印，"钥匙"藏在非文字资料中的可能性比较大。

熊女神——被封印的女性力量

考古、玉文化、神话……所有这些知识最终指向的是思维方式。

1. 从熊女神崇拜到熊龙崇拜，这揭示了父权对母权的逐渐替代。

这中间究竟发生了什么？非常值得研究！

解除女性力量封印的秘密很可能就在这里。

2. 古老的命名是祖先遗留下来的语言化石。

一首诗词一座城，汝南改成了驻马店，千年的瑰宝就被某些拥有权势的二百五给毁了。

同样被毁的还有方言和繁体字。

3. 北方熊祖先图腾的神话，加上上古时期楚国君王就姓熊。

我们这个"龙的传人"国度之中，重要的一部分人很可能是"熊的传人"。

意象原型

熊的冬眠，蛇的蜕皮，鹿的哺乳……

这些动物形象代表了生育，死亡和再生的全过程。

弗里达18岁的那场车祸让她永远丧失了生育能力，所以她用《受伤的鹿》来消解她的痛苦。

以熊为主角的绘本特别多。有一部分是表达家庭温情的。

这本《森林大熊》表达的却是重生。

换个狗做主角，你就是会觉得不对。

凡是好作品，一定有其深层次的意象原型。

猫头鹰·思辨

哪些是事实？哪些是观点？

今天读的这篇文章真是漂亮极了。

原来读《诗经·鸱鸮》，本能地随着作者的口吻，一起痛骂了猫头鹰。

今天顺着人类学家的目光，看到了鸥鸮被歧视的血泪史。

鸥鸮如何从女战神的代表而走向恶鸟？这其中的故事真是耐人寻味。

妇好陪葬器物中多见鸥鸮影响。

作为中国第一位女将军，妇好的强壮、富有、独立是令人起敬的。

随着鸥鸮的被诋毁，我们也看到了父权话语体系下对女性的贬低。

女性要娇小玲珑（失去身体力量），女性要听话柔顺（失去精神力量），女性要为家庭付出更多（失去独立力量）……

《大雅·瞻卬》里写道："懿厥哲妇，为枭为鸱。"那时还把智慧的女人比作猫头鹰，而后来的男权话语中，更多的是女人祸水论。

批判性思维离我们从来都不远……

身体神话

隔离，消毒，扑杀！

新的病毒和细菌正在随着人类与生物世界关系的改变而加速度地生产出来。

不论是B52轰炸机的超重磅炸弹，还是微小的冠状病毒，其威胁的首要目标都是人的身体。

世界体系代表人物华勒斯坦预言说，现存的世界资本主义体系将在20年内毁灭于生物灾难。

肉体被直接卷入某种政治领域，权利关系直接控制它，干预它，给它打上标记，训练它，折磨它，强迫它完成某些任务、表现某些仪式和发出某些信号……

神话的强大远超出我们的认知范围！

这本是最近看得最好的一本了。

叶老师给了一种文化文本解读的方略。

如果你和老付一样痴迷坎贝尔，弗洛伊德，荣格，孔子，原型理论，巫术，人类学，考古学。

那你读它，一定会获得很多趣味。

很多书一开始很有劲儿，但到后面就水了。

这本书不是，从头至尾让你惊喜不断。

我们经常说，读虚构类文本一定要分清哪些是虚构，哪些是事实。

但你有没有想过，你的这个虚构/事实的想法本身就是你虚构出来的。

比如神话，我们的祖先从来就没认为它是虚构的。

我们以为的虚构，其实是神话里面那种更为艰涩的、复杂的、高深的"事实"。

《你好，灯塔》

——找到属于你自己的"灯塔"，忠诚地守护它

《你好，灯塔》故事脉络清晰，一位年轻人接替年迈的守塔人，继续守护灯塔。他在灯塔里吃饭、睡觉、工作、记日志、思念、救人、生子，最后离开。

作者苏菲·布莱科尔为了这本书遍访世界各地的灯塔，她阅读守塔人的灯塔日志，站在塔灯室眺望大海，她甚至还在一座灯塔里住了一段时间。

她画的一切都来自真实的灯塔生活。书里画的灯塔，就是她住过的那一个，甚至主角的样貌也是一位真实存在的灯塔守护人。

一、灯塔的由来

传说在公元前288年的一个夜晚，一条埃及皇家"喜船"入港时触礁沉没。国王从欧洲娶来的新娘和迎亲大臣悉数遇难。

这场悲剧震动了埃及国王托勒密二世，他下令希腊籍工程师索斯特拉塔斯设计一座光照千里的灯塔。

这座灯塔不惜工本，费时39年完成，命名为"法罗斯灯塔"。这是世界上第一座灯塔。

灯塔由火光点燃，指引海上航行的船只，自古以来它就象征着希望、信念、生命、安全、守候、回家……

《你好，灯塔》的封面，灯塔顶部射出来的金色光线传承了古老的灯塔意象，普照千里，光芒万丈。

二、灯塔里的"圆"

1. 空间里的"圆"

绘本里有一张灯塔的内部构造图。年轻的守塔人在灯塔里上上下下地跑着，擦亮透镜，注满灯油，修剪灯芯，上好发条，安排生活。真实的灯塔生活其实并不轻松。

守塔人重新粉刷了灯塔内部的墙壁，那海水般深绿色的油漆令人心情愉悦，那是对妻子的期盼，也是对新生活的期盼。那一刻，大海，灯塔还有他自己，已经融为一体。

从侧面整体看灯塔的特殊构造，我们会发现每个房间都是圆形的。这也解释了为什么守塔人生活的场景，作者都是用圆形展现。如果站在灯塔的角度往下看，守塔人就是在一个"圆"中生活。

万物皆有灵，灯塔注视着来来往往的船只，同时也注视着住在自己"体内"的守塔人。因为守塔人的到来，灯塔拥有了灵魂，拥有了生命。

2. 麻绳围成的"圆"

如果仔细观察，你会发现守塔人很多生活场景被一个圆形的麻绳围绕起来。麻绳隔开了深绿色的海洋，也隔开了外面世界的喧嚣。内在与外在的分隔，让我们真正地走进了一座灯塔的内心，一位守塔人的内心。

为什么是麻绳而不是铁丝或鹅卵石？

麻绳是自然之物，也是海边船上常见之物，用麻绳合理不突兀。绳子有联系、联结之意，这里既包括大海与灯塔的联结，也包括这个世界与自己内心的联结。

麻绳还让我想到了"结绳记事"，上古时期的中国和秘鲁印第安人皆有此习惯。他们会用结绳的方式记录下最重要的事情，比如猎到大型动物，比如新生命的到来，等等。

这本书里的守塔人，第一次登塔，第一夜的孤独，第一次钓鱼，第一次做饭，第一封满怀思念的信，妻子的到来，救助遇难者，生病，孩子的出生，等等。

这些最重要的事情不仅被守塔人记录在灯塔日志里，也被作者用这些麻绳围成的"圆疙瘩"记录在图画中，同时也串成了属于灯塔本身的独特记忆。

3. 时间的"圆"

在图画中，我们能感觉到灯塔上的生活不但艰苦，而且无聊。这里如同一座监牢，而灯塔看守人就像监牢里的囚犯。

日常饮食是由一条小船定时送过来，每次都是灯油、面粉、猪肉、豆子等。小船也从来不会多做停留，送了食物就离开。

灯塔所在的石头小岛一片荒芜，面积很小，除了石头，连动植物都没有，更别提其他居民了。

在这里，只有两种声音。一个是海浪不断拍打礁石的声音，那声音咆哮着，一浪高过一浪，那是属于海洋的语言。一个是守塔人内心的声音，那声音关于坚守，那声音关于思念，那是属于守塔人和灯塔共同的声音。

就在这两种声音的交织中，空中的风在旋转，墨色乌云压顶，惊涛巨浪拍岸，不见五指的浓雾包裹着灯塔，海面上厚厚的冰层成了海豹的乐园，阳光照射海面耀眼的金光在闪烁，日落时分绚丽曼妙的绿光让人沉醉……

四季轮回，变换的景色让我们感受到了时间的"圆"。

4. 生命的"圆"

当一个人全部的世界被塞进了小小的灯塔里，它所展现的便是推向极致的生命样态。这里容不下一点点多余，却又是一个人生命最完整的样子。

在这个故事里，包含了佛教认为的人生八苦中的生、老、病、死。

年轻守塔人女儿的出生，是生。前一个守塔人的离开，是老。守塔人高烧卧床，是病。海难发生，三名水手从深不可测的海水里（死神手里）被拉上船，是死。

当守塔人冒着生命危险把三名水手从死亡的深渊拖拽出来，那一刻，三名水手生命的灯塔已经不再是那座白色的高大建筑，而是守塔人的责任，勇敢和守塔人妻子的热汤、毯子了。

在生命所有的"圆"中，妻子在屋中踱来踱去的那张图太震撼了。

身着黄色连衣裙的妻子或扶腰，或轻抚肚子，或痛苦地抱紧丈夫。除了上文我提到的灯塔内部的空间结构就是圆形，妻子顺时针行走的路线，也让我们看到了等待新生命过程中时间的流逝。

妻子和丈夫就像钟表盘上的时针和分针，在焦急和痛苦的等待中迎来了崭新的生命与崭新的生活。

躺在床上虚弱的妻子和记录下这神圣一刻的守塔人，都在看着这个可爱的小生命微笑，小桌上温暖的灯光仿佛暗示着，孩子如同夫妻两人生命的灯塔，指引着他们幸福的方向。

一个守塔人的完整人生，便是千千万万个守塔人的完整人生，亦是所有人类完整人生的缩影。

在这样一个狭小的空间里我们看到了所有有关生命的真相，生老病死的轮回构成了生命的"圆"。

5. 命运的"圆"

有很多人不理解为什么最后要用新式机器代替守塔人，这样的结局实在让人在情感上难以接受。

但其实回忆一下最开始老守塔人的离开，新守塔人的到来，我们便不难理解。世界万物新陈代谢，迭代更新。新的代替旧的，年轻守塔人代替年老守塔人，新式塔灯机器又代替年轻的守塔人。这就是属于命运的"圆"，就是在不断代替中，走向更好。

6. 故事的"圆"

在绘本里，还有很多不能忽视的细节。比如环衬右上方那未曾绣好的鲸鱼尾巴，在故事结尾，守塔人一家的墙壁上便挂着这幅完整的鲸鱼刺绣图。

为什么是一幅鲸鱼刺绣图呢？守塔人寂寞孤独的日子里，穿针引线不仅可以打发时间，更可以让浮躁的心安静下来。鲸鱼是身边的伙伴，是对这份工作，这座灯塔，这片大海，爱的标志。

故事中，守塔人妻子是个吸引人眼球的角色。她第一次登场，是在守塔人书桌上的照片里，守塔人一封封深情的信，随着漂流瓶流向她。

当然，这是非常诗意化的解读，如果真的是海浪带走信件，恐怕守塔人要孤独终老了。在故事的结尾，鲸鱼刺绣图的下面我们看到了装着信的漂流瓶，信被安全地送到了她的手里，这当然是灯塔勤务船的功劳。

灯塔勤务船把她送到丈夫身边的时候，两个人张开的双臂，两个人相拥而舞的场面都让我们的心不禁跟着雀跃。小小的灯塔容不下更多的人，这个时候，我们才会看清楚自己的心，才会知道谁才是今生所爱。这是灯塔教给我们最重要的东西。那就是安静下来，听从内心真实的声音。

妻子也是守塔人，只不过她的灯塔是对丈夫的爱情。所以她心甘情愿把自己也困在这座小小的灯塔里，妻子红色裙子上的船锚也暗示了对丈夫工作的支持。

在丈夫生病的那张图里，旋转楼梯似乎看不到边。这个女人头发散乱，夹着扫把，拎着水壶，肩上搭着毛巾，手里托着碗碟，来来回回，跑上跑下。她和守塔人一样勇敢，忠诚地守护着自己的"灯塔"。

红裙子一共出现了两次，第一次是来到灯塔上，第二次是离开灯塔，在家里与灯塔遥遥相望。褪色红裙上的船锚是妻子对灯塔那段生活的追忆与不舍。

从鲸鱼刺绣，漂流瓶里的信，妻子褪色的红裙子里，我们看到了这个故事带给我们的"圆"，那是圆满的圆。

三、灯塔的"召唤"

这本书的最后有一幅折页画，整个打开非常震撼，也非常美。

灯塔依旧恒久地站立在那里，面向大海，光照万里。守塔人一家依偎在一起朝着灯塔的方向。已经长大的小女孩手里提着灯，金色的光芒和灯塔的光芒交相辉映。

你好！

你好！

你好吗？

守塔人一家在思念着灯塔，灯塔也在思念着守塔人一家。他们在互相召唤，也在互相守护。

《你好，灯塔》这本书的故事好像到这里已经结束了，但属于作者的故事我还想跟你再讲一讲。

作者苏菲在后勒口有段文字吸引了我的注意：她和家人住在纽约布鲁克林，但她会时常关注是否有灯塔出售——万一呢。

灯塔对苏菲最初的"召唤"便是在布鲁克林的跳蚤市场，一幅英国埃迪斯通灯塔的画吸引了她的注意，但她告诉自己并不需要它。转身走开的时候，朋友对她说，你不应该忽视那些吸引你目光的东西。于是她花了10美元买下了它，这才有了后面的故事和这本书。

读《你好，灯塔》这本书最大的意义不仅仅是让你了解守塔人的故事，感受他们的忠诚、勇敢和信念。

更重要的是，生命只有一次，我们要听从自己内心"灯塔"的召唤，并牢牢地守护好它。

去吧，走你真正想走的路，做你真正想做的事，爱你真正想爱的人，选择你自己真正想要的人生。

愿你生命的"灯塔"，普照千里，光芒万丈。

《白鸟》

—— 从心出发，御风而行

一、有故事的男人们

这是一个关于三个男人的故事。一个是法国飞行员"旋风"，一个是美洲印第安人"白鸟"，一个是印第安人的儿子——金石子。

金石子在黎明破晓时出生，伴着他的第一声啼哭，天空仿佛碎成了无数个小金块，所以他的父亲叫他金石子。金石子是这个故事的叙述者，也是见证人。

飞行员生活在欧洲大陆，他经历了第一次世界大战，在残酷的战争中，他的生命比一片飘在暴风雨中的羽毛还要脆弱。幸运的是，他再也不用为战争而飞了。从今往后，他只为梦想而飞。故事的最后，他的梦想还有飞机"白鸟"一起坠入了大西洋。

白鸟是生活在美洲大陆的印第安人，他亲身经历了土地被践踏，祖先的尸骨被挖出，族人被赶出家乡。脸上被流弹割伤的疤痕，一直提醒着战争曾带来的伤痛。他的梦想是有一天能像鹰一样自由飞翔。为了救朋友"旋风"，他也消失在大西洋的海浪里。

二、失败了，还是英雄吗？

虽然这是一个虚构的故事，但原型却来自真实的历史人物和试飞事件。1927年5月8日凌晨，法国飞行员、第一次世界大战战斗英雄查尔斯·南盖瑟和同伴驾驶着"白鸟"号，从巴黎起飞，向大洋彼岸的纽约飞去。最终，他们和"白鸟"号消失在途中，没能抵达目的地。

大约两周之后，美国人查尔斯·林白驾驶着"圣路易斯精神"号成功从纽约飞到了巴黎，实现了不间断飞越大西洋的梦想。从此，查尔斯·林白作为美国英雄被万人追捧，同时被永远地载入了史册。

我们不禁想问：那消失在大西洋深处的查尔斯·南盖瑟呢？失败的他是否也是英雄呢？

好像没办法一下子给出答案，不如换个思路，我们聊聊万户。在14世纪末期，明朝士大夫万户把47个自制的火箭绑在椅子上，自己坐在椅子上，双手举着2只大风筝，然后叫人点火发射。随着一声巨响，万户和他的"飞天梦"一齐灰飞烟灭。

就是这样一个失败的万户，魂飞魄散的万户，作为世界上第一个借助火箭推力升空的人，他的名字被永远记录在了天文学的史册上，为了纪念他，月球上的一座环形山也被命名为"万户"。

我总是在想，这个男人究竟是怀着怎样的心情喊出"点火"的？作为一个拥有地位、财富和智慧的成熟男性，究竟是什么力量，让他如此坦然地面对生死？当人们看着那团火球的时候，究竟是嗤之以鼻还是泪流满面？

万户没有失败，他是真正的英雄。那一刻，用梦想点燃生命所爆发出的刺眼光芒，照耀着世世代代想要飞上天空的人们。

同样，坠入大西洋的查尔斯·南盖瑟和为救朋友一头扎进大西洋的白鸟也是英雄。所有为梦想不屈不挠，无怨无悔点燃自己的人，都是英雄。

三、飞翔背后的"隐喻"

这个故事其实一直都在讲述着"打破"的概念。

故事的最开始告诉我们，这一天，风很大，比平常都要大，是风搅乱了两边的地平线，也把两个互不相关的男人的梦连在了一起。

是的，是风最开始打破了美洲大陆和欧洲大陆的地理距离，让两个带着伤痛记忆的男人做了同一个"飞翔"的梦。人类对飞翔的渴望本身就是对大地生活的一种打破。

两个男人的伤痛都来自战争，金石子的伤痛来自战争的余波，他们每个人都用痛苦的记忆刻画出了属于自己的"图腾"。

1. 旋风的"飞翔"

旋风在飞机白鸟外壳画的图案是：一颗黑色的

心，心里面一个骷髅头，两根交叉的骨头，一个棺材和两个烛台。

在飞机上画这样的东西太不吉利了。飞行最重要的不是安全吗？画个吉祥物才是符合常理的吧。

飞行员旋风从1941年至1918年间，他驾驶过的每一架飞机上都画着这样的图案。在战争中，他多次与死神擦肩而过，满目都是旗帜、炮弹、战火和流淌的鲜血。

现在你能理解他的所作所为了吗？他是在用自己的方式表达对战争的控诉和对死亡的觉知。他在不断提醒自己和人们重新审视生命的可贵。

这非常像我们今天在清明节所要进行的一系列仪式，表面上是在祭奠"死"，其实是通过仪式来体会"生"的意义。

四季有轮回往复，人有生老病死。当金石子第一声啼哭打破黎明前的黑暗时，我们就意识到有死必有生，有生也必然有死。人的生死是自然的规律，但我们更接受的是自然的"善终"。在战争中，那些最后变成数字的生命，是不符合自然规律的，是"恶终"。

而这一切的罪魁祸首就是——界线。人们头脑中对"界线"的定义把彼此割裂开来，你的，我的，你的国家，我的国家……这也是一切战争的真正源头。

故事中有这样的话：人们说，地平线就是把天和地分开的那条线，或者是把天空和海洋分开的那条线。简而言之，也是一条界线。

"白鸟"号横渡大西洋这件事本身就是一次打破"界线",虽然最后"白鸟"号坠入大西洋,但那一刻它划开了天空和海洋之间的那条"界线"。在飞行的角度看,"白鸟"号失败了,但从背后的"隐喻"来思考,"白鸟"号是成功的,它成功地打破了天与海的界线,它完成了属于自己的更高层次的"打破"。

2. 白鸟的"飞翔"

印第安人白鸟的图腾是头顶上的那根红羽毛。鸟类是最接近天的动物,佩戴羽冠不仅表达了对神明的敬重,更是对羽毛所具有的神奇力量的崇拜。印第安人对自然、对世界、对生命的情感都保留在他们的羽毛,舞蹈,神话和伤口里。

50年前的那场战争,让印第安人失去了家园。在边境上,白人拿枪逼迫印第安人掉头回去。流弹在白鸟的脸上留下了伤疤,金石子问父亲什么是边境,白鸟回答:边境是一道伤疤,这道伤疤把土地分成了两块。

白鸟一直想像雄鹰一样自由飞翔,从而飞回祖先的家园。所以他每次都会用猎鹰般的眼睛盯着远处的地平线。边境是白鸟心中的"界线",白鸟真正的渴望是打破"边境"。

当旋风的飞机坠落,白鸟大喊"我的朋友",接着一头扎进大西洋的时候,我的心跟着两只"白鸟"一齐沉了下去。我问自己,白鸟可不可以选择不跳下去救朋友呢?答案是不行。做不到,真的做不到。如果不去救,白鸟一辈子都不会原谅自己。

并不是所有的鸟都会游泳。白鸟不会，"白鸟"号也不会。最渴望飞翔的两个男人，最终却落入了深海。白鸟这一跳，并不是毫无意义的牺牲，这条美丽的弧线不仅仅见证了两个男人的友谊，也打破了种族差别这条"边界"。

3. 金石子的"飞翔"

在这个故事中，还有一条非常重要的线索，就是金石子的成人礼。那些居住在美国的土著部落里的男孩子，到了12岁的时候，老人们会把他们带离家园，带离母亲身边，让他们去做一些困难的事情，会给他们脸上划一道伤口，从而掌握日后面对"伤口"的能力。

老人们还会给他们讲神话，讲故事，教他们唱歌。总之一切能代表男性价值标准的东西：不仅是斗争标准，还有精神上的，或者是灵魂上的价值标准。一旦弄懂了这些，男孩们才算完成了从一个男孩到一个男人的过程。这些成人礼，已经有几千年的历史了。

在这个故事里，金石子离开母亲，跟随父亲踏上了漫长的旅途，学习观察风和地平线，听父亲讲一些重要的故事，理解"伤口"的意义，一直到最后失去父亲，把父亲的红羽毛戴在自己的头上，回到妈妈身边，把故事讲给妈妈听。

整个过程就如同金石子自己所说，伤心且快乐，伤心是因为失去父亲，快乐是因为他已经成为一个男人。最美好的东西，总要用深痛巨创来换取。金石子在这个过程中从父亲那里学到了各种各样的知识，他的思想、意志力、情感和整个心灵都得到了升华。

金石子的"飞翔"，不在天空，也不在海浪里，而是在故事中。他在那片马儿追着云彩的土地上生活了快100年，这个故事也讲了快100年。金石子用这个故事打破了更多的界线：关于生死、成败、战争、英雄、友谊、成长、梦想、伤痕……

原来，飞翔的目的，是为了打破世间那一条条看得见和看不见的"界线"，从而获得终极的心灵自由。

四、感受图画里隐藏的"力量"

这么震撼的故事，我希望有能配得上它的图画。绘者查尔斯·迪泰特确实给了我很大的惊喜，关于绘画中的立体主义和波普艺术手法，你们可以参看曾孜荣先生和谢媛媛小姐的解读。我想和你们聊的是图画与文字是如何发生化学作用的。

我最开始以为绘者会用完全写实的手法来配图，那种连白鸟脸上的伤痕和头上羽毛的细节都看得一清二楚的绘画手法。结果绘者选用了大量的色块和几何线条来呈现这个故事。

这个情感极其丰富细腻的故事配上简洁、立体、色彩强烈、现代感极强的图画，让我产生了另外一种独特的阅读感受。

绘者用这种符号式的表现手法，不仅极大地激发了我的想象力，还给我的想象留足了空间。我不再纠结飞机的造型，不再纠结白鸟的样貌，不再纠结大西洋的波浪，绘者的配图用诗一般的隐喻直指情感核心。

比如，扉页上的图画其实是世界地图的一部分，两个彩色的色块一个是美国，一个是法国，中间大块蓝色的部分就是大西洋。飞行员想不间断飞行的路线就是这块蓝色的部分，白鸟和飞行员葬身的地方也是这块蓝色的部分。我想让你注意的是那些彩色的圆点。你觉得那是什么呢？请用诗一样的"隐喻"来理解这些图画。它们代表的是继飞行员和白鸟之后的，那些从未间断的尝试与梦想。

图画中这样的细节太多了，比如飞机机尾的红、白、蓝三种颜色，其实是法国国旗的颜色，代表着旋风对祖国的热爱。比如父亲死后，金石子捞起父亲的红羽毛插在了自己的头上，象征着父亲精神的传承。

还比如金石子哭着往回走的时候，背后的大山其实是父亲白鸟的形象。图画中这个细节真是非常动人，它把文字中失去父亲的伤痛轻轻地抚平。父亲没有离开，他一直都在。

这本书的图画中还有很多很多这样的秘密，你要慢慢地看，细细地找，配合着文字，让情感在你的心中不停地发酵，不停地转化成生命的力量。

读一本书不重要，重要的是通过这本书，你的生命有没有一点点改变，你有没有通过这本书找到属于你的"飞翔"和要打破的"界线"。祝福每一个看过《白鸟》的人，都能从心出发，御风而行，畅享自由。

《河流是什么？》

——河流，是一个永远都讲不完的故事

我一直在寻找一本书。它要有诗意的语言，强大的思维逻辑，精准深刻的表达，醍醐灌顶般启迪我们的智慧，引导我们的目光去重新看待这个世界。

很遗憾，我遇到了很多书，很多优秀的书，却都不是我心中想要的那一本。

启发的编辑杨晶邀请我给这本书写导读的时候，我匆匆翻看一遍，真是心跳都漏了一拍。这本《河流是什么？》，就是我想要的那本书。

很多人初次看这本书都没有太大的感觉，甚至会觉得字数太多，太啰唆，画面也不够唯美，根本读不下去。

这样一本好书，当我们完全读不进去的时候，就要停下来思考，是不是我们选择的阅读策略出了问题。这本书我建议中高年级的孩子读，下面我就谈谈如何细读《河流是什么？》。

一、 出声朗读，让语言更优美

相对于我们看过的启发其他获奖的绘本，这本绘本的字数实在是有些多。而且故事性不够强，读起来会觉得烦。

这是非常正常的事情。因为就像不同的场合穿不同的衣服一样，穿拖鞋去高级西餐厅，就是很尴尬。我们选择错了阅读方法来读书，同样是吃力不讨好。

如果你抱着读故事的心态，并且去快速默读它，那读不到5页，你就会把它丢在一边。就像读叶芝、狄金森的诗，快速默读就相当于毁了那本诗集。

在这里我给你三个小建议，或许会让你感觉完全不同。

1. 慢慢读

慢下来太重要了，只有你把节奏慢下来，不再被阅读速度所裹挟，你才会发现文字中那些散落的"金石子"。

就好像这一句：

我在花丛中采摘，外婆说，每一朵花都有特别的含义。雏菊象征爱情，红菽草代表健康。河畔纤弱的芦苇，蕴藏着不屈不挠的反抗力。我要将它们编织成花环。

"我"为什么要把雏菊、红菽草、芦苇编织成花环呢？是的，每一朵在河畔生长的花都代表着人间一种最美好的品质，"编织"这一行为同样具有象征意义，它代表着把"爱情""健康""反抗力"编织进自己的生命当中。

2. 出声读

不要去纠结你的声音是否好听，也不要纠结你的普通话是否标准。大胆地用你的声音去诠释那些美丽的句子吧。或高或低，或快或慢，或连或停，那都是属于你的体会，你的情感，你的世界。

3. 反复读

反复读是读散文、诗歌最好的方式。在反复读的过程中，我们的思路开始慢慢清晰，我们的语感得以增强，我们的理解也会不断深入。

当然，反复读并不是单调地重复。我们可以不断变化朗读的方式，比如小声读，伙伴对读，配乐读，等等。

二、自我提问，让故事更有趣

这本绘本里的外婆绝对称得上是智者。面对外孙"河流是什么？"的问题，她竟然给了14个答案。或者应该这样说，外婆是给了我们14种看待河流的思维方式。

无论你是成人还是孩子，我都希望你不要急着翻页看外婆的答案，而是用"自我提问"的阅读策略去读这本绘本。也就是说，当外孙问出河流是什么的时候，停下来想一想，如果有人问你这样的问题，你会怎么回答。

在看外婆"答案"的时候，也应该问问自己，她这样说合理吗？她究竟是在说河流，还是在说这个世界呢？

这种不断的自我提问，会让你真正走进这本绘本，走进外婆积累了一辈子的人生智慧。

三、图文对照，让细节更精彩

作者莫妮卡既是文作者，也是图绘者，所以我们一定要认真对照这本书的图文，相信你会有不少惊人的发现。

例如，河流是一段旅程的那一页。

文字：河流流经荒野和城市，密林和绿洲，草甸和苔原，峡谷和高山……

在书中我们图文对照就会发现，作者所说的荒野、城市、密林、绿洲、三角洲地貌等都能在图中找到。

这不仅利于我们了解这些地理知识，更是进行图像化策略的好途径。

可以说，外婆的每一次回答，都让我们大开眼界。她借由一条河，深切地表达了对于动物、植物、历史、文化、人类文明的态度。

四、生命联结，让体会更丰富

这本绘本非常适合进行项目式学习，孩子可以根据自己的兴趣，选择一个点去研究。

例如河流是一片家园中，有着世界各地母亲河的列举。感兴趣的孩子完全可以摊开世界地图，依靠书籍和电脑把世界上所有最著名的河流画出来，然后深入了解每一条河的历史。

那时候，孩子才会真正明白，为什么外婆会说——河流是一片家园。

《河流是什么？》是一本"太厚重"的书，它适合被好好儿地放在书架上，在不同的年龄，不同的心境下抽出来，慢慢读，细细读，好好读。

《金老爷买钟》

—— 每一刻，都是对的

老付说：握住你手中的怀表，每一刻，都是对的。

金老爷大概有五六十岁了，已经到了"五十而知天命"的岁数。

这个时候他做了一件事——到阁楼上去，阁楼是离天最近的地方，他在这里，找到了一个钟。

瞧，这个钟，它像什么？像墓碑。

一个人在"五十知天命"的时候，他要到阁楼去，也就是他的那个无意识世界，他要去问：如果我要死了，我这一辈子活得对不对？我的时间对不对？

你要知道，时间背后的隐喻，是生命。

我们来看看金老爷家里其他的钟。

卧室里的钟很像一只王冠，厨房里的钟好似艺术类的建筑，最下一层的门厅里的钟像一个圆点，特别像人生最开始的那一个细胞，那是我们出生时的样子。

在神话或者童话故事里，三是个很特殊的数字，一定是三兄弟，一定有三次磨难，在中国一定是事不过三。而在国外的原型理论里，它叫作身、心、灵。

最下面门厅里的钟，它代表的是人的一生中的那个"身"，也就是物质层面。厨房里的钟，指代的是心，也就是艺术层面。卧室里的钟指的是宗教信仰层面。

你会发现一个特别有趣的事情，金老爷在面对人生的终极问题，我这辈子到底过得对不对时，他先从宗教层面去找，差一分钟，从艺术角度去找的时候，他发现差得更远了，再去物质层面，他开始去关注住的房子够不够大？戴的表够不够贵？我是否获得了社会上普遍认可的成功？他发现，自己离得越来越远了。

这时候，他遇到了一个很重要的人，就是clock maker。

clock maker是制造钟表的人，他的背后也是有原型的，制造钟表的人就是制造时间的人。他是上帝呀！上帝说有了光于是就有了光。

clock maker拿了一只怀表，他领着金老爷走。

当他走到物质层面的时候，他告诉金老爷，It's right！是对的！

当他走到艺术层面的时候，这个也对！

当他走到宗教层面的时候，他说对呀！

甚至当他走到阁楼的时候，都是对的。

金老爷心满意足地拿着这个怀表，他对呀，一直都对呀！

你们看，真正好的儿童文学，一定是能从0岁读到99岁的，一定能够给不同层面的人带来不同的感受。

我想跟你们说的是，不管你处在人生的哪个阶段，请你牢牢地握住你手中的那块怀表，因为clock maker告诉我们什么都对，嗯，都对。

有句话叫活在当下，请你不要后悔以前，也不要恐惧未来，你的这一刻，就是对的。

握住手中的怀表吧，属于你的每一刻，都是对的。

《坏情绪，再见！》

——每一朵乌云都镶有银边

老付说：每一朵乌云都镶有银边。给自己一点时间，花会开，树会摆，阳光一定会回来，快乐也一定会回来。

老付见到这样几种孩子会特别揪心。一种是噘着小嘴，发脾气的，一种是皱着眉头，嘴角向下的，还有一种是不愿意面对问题，遇事就逃避的。并不是说，不可以有坏情绪，但我们要学会调节自己的情绪，更要学会自己给自己找快乐。这四本绘本，单独拿出来任何一本都非常棒。但四本放在一起，从理解生气到拥抱悲伤再到拒绝逃避，最后到获得快乐的能力，就会产生一个巨大的“情绪能量场”。只要走进这个“能量场”就能轻松告别坏情绪。所以，我一定要把这四本书放在一起，推荐给你，以及你最爱的孩子。

让"生气"破茧成蝶——《并不坏的坏情绪》

人生不如意十之八九。比如一个小女孩看到了一家冰激凌店，却没吃到冰激凌；比如一对姐弟的妈妈发现，淘气的姐姐用小树枝戳弟弟；比如一个人好端端地走在路上却被一只小浣熊吓到，摔倒在泥坑里裤子脏兮兮……

遇到这么倒霉的事情，我们当然会生气了。而那朵象征坏情绪的小彩云就喜欢跟着生气的人。

生气这件事，似乎我们谁都无能为力。但就有一些人，仿佛拥有魔法一般，坏情绪从来不敢沾他们的边。

比如达达小姐和波特先生，达达小姐看了一眼卢先生滑稽的内衣，忍不住大笑起来。坏情绪就直接从窗口飞了出去。

波特先生把小枝丫带回了他的冰激凌店，放在橱窗里。那根惹来众多麻烦的小枝丫，竟然成了冰激凌店的吉祥物，不仅吸引了更多的顾客，还让一只小虫子破茧成蝶。

你看，其实坏情绪一点也不坏。

拥抱悲伤，就是拥抱生命——
《有一个朋友叫悲伤》

悲伤是我们生命的一部分。否定悲伤，就是否定生命。

孩子一定是快乐的么？当然不是，孩子也有她的悲伤。有时候是和她最要好的小伙伴分离，有时候是弄丢了她最心爱的玩具……悲伤就可能充满她的世界。悲伤原来可以那么大，你越拒绝，它越大，你越逃离，它越如影随形。

开始面对悲伤吧，和它问声好。它来的时候，甚至没有理由。你也不用想办法赶走它，就静静地和它待在一起。

你要去画画，要听音乐，要喝热巧克力……去做所有你想做的事，让你的感官再次敏感起来。带它去"森林"里吧。不仅去自然界中的森林，更要去你潜意识的"森林"。只有你真正接纳自己的内心，悲伤才会被疗愈。

悲伤会来也会走，会走也会来。不要怕，因为我们有这本《有一个朋友叫悲伤》。

命运专门欺负胆小鬼——《不再找借口的小鸭子》。

小鸭子乔治对探索世界没有兴趣，一点都没有。

他要烤点心，他要烫衣服，他要练瑜伽，他真是太忙了。可这是真的吗？

熊先生的到来，让乔治终于敢面对自己的问题——不会飞。是的，他害怕别人知道自己不会飞，所以他把自己封锁在小屋子里。

之后又搞笑又温馨的奇妙旅行，我就不剧透了。我想和你聊的是，究竟是什么改变了乔治的恐惧？

是的，是敢于承认自己的恐惧。这是非常非常重要的事。

命运害怕勇敢的人，专门欺负胆小鬼。勇敢地面对恐惧，恐惧便消失一半了，后面那些美好的事情，便也顺理成章了。

你要为自己的"快乐"负责——《再见啦，不开心》。

我们终于不再生气，不再悲伤，不再恐惧，可是快乐还是很难啊！那一起来读一读这本《再见啦，不开心》。

表情上的微笑是否能让我们更快乐，这件事心理学家和科学家快吵了一百年。他们吵他们的，我们更关心的是，究竟怎么得到真正让我们快乐的"微笑"呢。

小女孩豆豆问了好多人，她发现，原来每个人的快乐都不一样啊。小豆豆不再去问了，她把目光转向自己，发现有很多能让自己开心起来的小事：

给弟弟挠痒痒；烤鬼脸饼干；一颗一颗地吃豌豆；在蛋壳上画画；把手指玩偶套在脚趾上；扮成怪

物；晚上游泳；舔冰淇淋上的巧克力……

　　每个人都应该为自己的快乐负责。希望此刻的你，脸上也挂着笑容。

　　这四本书在故事、绘画等方面都可圈可点。更难得的是，它们用一种非常幽默、温暖、治愈的方式，帮助所有陷在情绪泥沼中的人，重新找到快乐的力量。

　　有人说，这简直就是给孩子最棒的情绪宝典。我认为不仅如此，好的童书是拥有着满足不同年龄需求的丰富肌理的。

　　作为成年人，我同样获得了无比的力量和幸福。

　　送给你，无论你是大人，还是孩子。

　　祝你快乐！

《西游记》

——许败不许胜

西游记·孙悟空原型

佛曰：魔以心生，亦以心摄。

原来像这样神仙没法管的东西都有个名字，叫作——妖。

无论别人怎么说你，

是《山海经》里的无支祁，

还是印度神教里的哈奴曼。

在我心里，

你仍是那个身披金甲圣衣，

脚踏七彩祥云的盖世英雄。

你若成佛，天下无魔。

你若成魔，佛耐你何？

西游记·菩提老祖

祖师道："你这去，定生不良。凭你怎么惹祸行凶，却不许说是我的徒弟。你说出半个字来，我就知之，把你这猢狲剥皮锉骨，将神魂贬在九幽之处，叫你万劫不得翻身！"

悟空道："绝不敢提起师父一字，只说是我自家会的便罢。"

（他给了他名字，却不愿与他有半点瓜葛。悟空这性格，将来必闯大祸，老祖的决定是对的。只是，好心疼）

西游记·太上老君炼丹炉

巽乃风也，有风则无火。

这怕是有什么误会吧。原来悟空在炼丹炉里找了个没火的地方，才逃过一劫的。眼睛是被熏坏的，不是练就的火眼金睛。

联想前面打不过二郎神，被追得嗷嗷跑。把王母娘娘蟠桃会毁了，脚底抹油跑回花果山……

像这猴子的风格。

明白了么？打得过再撂狠话，打不过赶紧跑。

西游记·殷温娇

面如满月，眼似秋波，樱桃小口，绿柳蛮腰。

1. 温娇是宰相之女，抛绣球嫁与新科状元郎陈光蕊。上任路上，丈夫被船夫刘洪打死抛江，为保腹中胎儿，勉强委身贼人。

2. 为保儿子活命，咬下儿子左脚一个小指，将子安放木板，顺江流下。

3. 十八年后母子重逢，温娇巧设计安排玄奘搭救婆婆，惩治刘贼，活剜其心肝，祭祀亡夫。

4. 温娇三次欲自尽，第一次是光蕊被抛尸，第二次是父亲前来，第三次是大仇得报。

这女人有勇有谋，能忍常人不能忍。在唐僧出世这部分，简直光芒万丈，把其他男人全比了下去。就是这样的女性，最后却从容自尽。

她不是自尽，她是被谋杀。

害死她的有五个男人：①刘洪的玷污玩弄；②父亲的位高权重；③丈夫的男性尊严；④儿子的远大前程；⑤作者的写作意图。

不要再和我说她闪婚是因为未婚先孕，不要再和我说刘洪是他初恋，两个人在玩儿仙人跳，不要说了……

无敌嘴炮儿王的死穴

悟空打嘴架从未输过，毫不费力就把别人骂得七窍生烟，迷人得不得了。

仅从它骂小白龙是"泼泥鳅"，说哪吒奶牙还未退便能感受一二。

就是这样牙尖嘴利的齐天大圣，却永远都说不过唐僧。

为什么？

因为两个人的关系从一开始就不对等。

我为你斩妖除魔，你却怨我招灾惹祸。

走又不让走，留下又受气……

他大爷的。

修心之旅

1. 老僧的炫耀激起了悟空的争强好胜。后面自然灾祸连连，唐僧又气又恼，又懊又悔，默默念起了紧箍咒。

2. 悟空扑地跌地，抱着头，痛苦万分。

3. 以前，我定会大骂唐僧。现在，却不会了。

4. 西游记从来磨的就只有唐僧一人，孙悟空、猪八戒、沙僧都是唐僧性格的不同位面。

5.《紧箍咒》原名《定心真言》。有攀比好胜之心的并不是孙悟空，而是肉体凡胎的唐僧。

6. 修心的路，原来就是不断给自己念《紧箍咒》。

西游记·悟"空"

1. 行者虽请来观音降服黑熊精，却要依自己之计。

2. 观音菩萨没法，只得变成黑熊精的朋友凌虚子。

3. 行者看道："妙啊！妙啊！这是妖精菩萨，还是菩萨妖精？"

4. 菩萨笑道："悟空，菩萨、妖精，总是一念；若论本来，皆属无有。"

5. 行者心下顿悟。

这一段是行者悟"空"的过程。行者口中的菩萨妖精，妖精菩萨便是"分别心"，世界变成了二元对立，非黑即白，非佛即妖。

菩萨的点化便是悟"空"。开悟者的心要像镜子"无所住而生其心"，只是如实地反映当下。

无我相、人相、众生相、寿者相。

没有好、坏、顺、逆、净、垢。

不站在任何立场、没有我、我的物，物我两忘。

这样的心，便是空。

这样的修心，便是悟空。

天奎星·侍香玉女

易求无价宝，难得有情郎

1. 宝象国三公主被黄袍怪摄去做了十三年夫妻，生下两个妖儿。公主偷偷放掉唐僧给父王报信，几经周折玉帝罚了黄袍怪，公主又回到父母身边。

2. 这黄袍怪原是天神，因与侍香玉女相爱，便不做神仙，偷跑下凡做了妖怪。投胎转世的玉女就是三公主，她哪里记得前世良人，只觉得配与这青靛脸，白獠牙，两边鬓毛的妖怪真是污了自己，辱了父母。

3. 黄袍怪做天神的时候，也是个形容典雅，轩昂俊美的奇男子。为了玉女，他甘愿犯天条，面目狰狞，吃人肉。失去前世记忆的三公主可不念他的好儿。当她依行者之言，放弃两个妖儿，往僻静处躲避时，前世恩情，至此就断得一干二净了。

4. 两个稚嫩妖儿被临空摔下，掼做个肉饼相似，鲜血迸流，骨骸粉碎。那疼她入骨的天奎星被贬与太上老君烧火。

5. 日后，三公主应该如行者所料，别寻个佳偶，侍奉双亲到老。

只是，当她年老寂寞之时，再回想天奎星待她如珠如宝的十三年，两个稚儿惨死白玉阶前的模样，又当如何自处呢？

悟空的泪水

若是悟了，脚下便是灵山。

1. 一路上，悟空的泪水不比唐僧少。有两次最动我的心。

2. 第一次落泪，他还是美猴王，突然开始怕死，怕这泼天的自由，只是幻梦一场。

所以他去拜师，终了也没有学到长生不老。学得七十二般变化和翻筋斗都是为自由而战的本事。

管他娘，凡是让老子不快活的，都一棒打他个灰飞烟灭。老子就是要自由。

3. 第34回，为救唐僧，悟空在妖精洞府二门外，捂着脸哭。

想着自己一辈子，上刀山，下油锅，也从未有过一点儿泪。

今天竟然要给九尾狐狸下跪，泪出痛肠，放眼便哭。

他为自己英雄气短而哭，

我为他虎落平阳而哭。

他在故事里哭，我在故事外哭。

这泼天的自由，原来要这样"求"。

修成正果，究竟是我悟了，还是误了我？

许败不许胜

第42回：孙悟空请来观音降伏红孩儿，观音说：快去与那妖精索战，许败不许胜。败将来我这跟前，我自有法力收他。

第77回：经过狮驼岭，遭遇青狮、白象、大鹏金翅雕，如来说：你先下去，到那城里与妖精交战，许败不许胜。败上来，我自收他。

孙悟空是何等人物？在花果山做石猴儿的时候，就敢凭着一身胆气勇闯水帘洞，为自己得了个"美猴王"的身份。更不用提大闹天宫，硬生生挣了个"齐天大圣"的名头。

就是这样一个"胆包身"的大圣，一路上被教育"许败不许胜"。

悟空的情难其实一直都是自己的心，为了"大胜"而放弃"小胜"，就是放下"我执"，就是"悟空"。

"斗战胜佛"不是灭掉一路妖怪，而是战胜自我，这才是悟空最大的"正果"。

《诗经》

—— 最美不过《诗经》，带你尝遍爱情的滋味

诗经·卫风·硕人

"硕人其颀，衣锦褧衣"用东北话说就是：哎呀妈呀，这丫蛋儿，这大个儿，人长得俊（zùn），衣服穿得也带劲！

庄姜这个古代超级白富美，收获了卫国无数的粉丝。出嫁的时候，大家纷纷写诗赞美，有心之人把这些赞美诗一整理，就成了这首《硕人》。

顺着卫国百姓的眼睛，我们看到了两千多年前，这位出身高贵的绝色美人出嫁前的盛况。

出身好，样貌好，嫁得好，嫁妆好……这集万千宠爱于一身的庄姜，简直是世间所有女子的最高梦想。

后来呢？才不过三年，因为生不出孩子，被冷落，被家暴……

她还能做什么呢？写诗呗！朱熹考证，发现《终风》《柏舟》《绿衣》和《日月》都是她写的。

这些诗就像一条黏稠的河，里面每一滴都是女人的血与泪。

究竟是什么酿成了她的悲剧呢？

还是回到诗中，这么个天仙儿嫁过来，卫国如何迎亲只字不提，只写臣子们早退朝，"无使君劳"。

后面的鳣鱼鲔鱼，河水北流的，这鱼啊水啊的。就跟东北结婚往被子里塞枣子、花生、栗子是一个意思。

是呢，你没看错。管你貌若天仙，巧笑倩兮，美目盼兮，你也就是个生育工具。

生不出来孩子，你就该打，该骂，该死。越有才华越该死。

我们简单回忆一下，当大众看到一个女人有样貌，有才华，又成功，心里面会怎么想？

这娘们儿肯定不是个好人！

这个还真就不仅仅是嫉妒，这是有传统心理依据的。

女子无才便是德嘛，只有风月场所的女人才需要吟诗作对，吹拉弹唱。所以貌美有才华的作风肯定都不正派。

那她万一像庄姜那样，正派呢？那生不出来孩子也必须抛弃！

庄姜的悲惨遭遇，后来被人们称作"庄姜之悲"，暗喻那些婚姻不幸福的才女们。李清照直接躺枪。《草房子》里的邱二妈也难逃其诅咒。

男权思维太坑娘，突然对花生、红枣、栗子莫名地反感起来。

以后祝福新人，坚决不说早生贵子，要说就说脑子是个好东西，多吃核桃。

论语·诗经·绘事后素

佛曰：千灯万盏，不如心灯一盏。

心灯明澈，胜过他人明灯千万盏。

就像《西游记》里不断重复的：佛在灵山莫远求，灵山只在汝心头。

子夏问曰："巧笑倩兮，美目盼兮，素以为绚兮。何谓也？"

看过老付朋友圈的人，一定知道子夏讲的是那位超级白富美庄姜。

作为《诗经》里最美的女人，每个人都会对她有不同的想象，除了大高个儿，白成为她最标志性的美。

就是这样一个并不知道五官的美人儿，在白的基础上加上微笑和美目顾盼，竟然令人炫目了几千年。

子夏就想知道这是为什么？孔子说：绘事后素。这个有两种解释，一种是白色底子画花更好看。另一种解释是，绘画时最后才上白色。（傅佩荣）

这个傅佩荣讲得很清楚，孔子时代绘画用绢帛，一般是淡咖啡色或者黄色，白色最后画，其他颜色就凸显出来了。

子夏说，那礼是后来才产生的喽？孔子很高兴说子夏是能够给他启发的，后面就开始和子夏讲《诗经》了。

还是回到庄姜，她再高大白皙，如果满眼狠厉之色，是否还美呢？

巧笑倩兮，美目盼兮是她美好内心的投射，令人炫目的是她内在的美好。

一个人内在是好仁，外在加上礼，才会光彩夺目，令人心生佩服。

绘事后素的解释，老付战傅佩荣。

仁，瓜子仁，生命之本，有生生不息的力量。

所以，什么仁，便长成什么人。

仁是坏的，再多外在粉饰，也经不住"时间"这瓶卸妆水。

素读诗经·葛覃·望夏节

周南是今河南西南部和湖北西北部一带，正是晓艳姐姐的家乡，我们聊《诗经》的过程中竟有不少有趣的发现。

葛是藤蔓植物，收割后煮一煮，剥成细线可织布制夏衣。

可是一个着急回娘家的女人，不赶紧收拾东西走，整天割葛制衣是干什么呢？

回到当时的社会背景，已婚女人回家是很难的。难在哪儿呢？路途遥远？盘缠不够？恐怕都不是。最难的是夫家对此事的态度。

葛作为藤蔓植物，给人的感觉就像纠缠不清，难以一下子解决的事情。

这女人割葛，烧煮，制衣就好像在捋顺夫家一件件事，一颗颗难缠的心。

到最后"害浣害否"，简直令人不禁莞尔了。管它洗没洗，我得赶紧回家见爹妈，颇有一副爱咋咋地的架势。

晓艳姐告诉我，洛阳六月六有一个望夏节，就是女儿女婿要回娘家。

葛是用来制夏衣的，说明葛覃讲的也是夏天的事，又都是回娘家。真是太有意思了。

采采卷耳，不盈顷筐。嗟我怀人，置彼周行。

陟彼崔嵬，我马虺隤。我姑酌彼金罍，维以不永怀。

陟彼高冈，我马玄黄。我姑酌彼兕觥，维以不永伤。

陟彼砠矣，我马瘏矣，我仆痡矣，云何吁矣。

诗经·卷耳·借酒消愁愁更愁

如果思念有声音，我会是世界上最吵的人。

卷耳长得那么茂盛，可是她却采不满一浅筐。坐在路旁，看向远方。当初路把他带走，如今为什么不把他带回来呢？

卷耳可以做酒曲，他也爱喝美酒。但他现在喝酒，是为了抵抗对她的思念吧。他的马应该是走不动了吧，所以他才迟迟不回来啊。

他的酒越喝越多，马已经不行了，仆人也要倒下了，可是路还有那么长啊。他只剩下浓浓的思念和长长的叹息了吧。

卷耳开创了借酒消愁的先河，但这个借酒消愁的痴情男并不真实存在，他是那个思念成疾的女人坐在路边想出来的。

卷耳可以做酒曲，这勾起了她的联想，他肯定也是想她的，想得急了，便猛劲把自己灌醉，好让心里舒服一点。

她甚至给他不回来都想好了借口，马病了，仆人也倦了，所以才迟迟不归。

这样的想象，又何尝不是她灌给自己的"酒"呢？

他究竟会不会回来呢？其实她心里是有答案的。

最后一段用了四个"矣"，"陟彼砠矣，我马瘏矣，我仆痡矣，云何吁矣"。

矣从矢，也就是箭，箭射出去了，一切都结束了。

男人不会回来了，她知道，她什么都知道。可是管不住自己的心呐，她又给自己灌了一杯"思念"。

国风·召南·摽有梅

摽有梅，其实七兮。求我庶士，迨其吉兮。

摽有梅，其实三兮。求我庶士，迨其今兮。

摽有梅，顷筐塈之。求我庶士，迨其谓之

国风·召南·野有死麕

野有死麕，白茅包之。有女怀春，吉士诱之。

林有朴樕，野有死鹿。白茅纯束，有女如玉。

舒而脱脱兮，无感我帨兮，无使尨也吠。

国风·召南·行露

厌浥行露，岂不凤夜，谓行多露。

谁谓雀无角？何以穿我屋？谁谓女无家？何以速我

狱？虽速我狱，室家不足！

谁谓鼠无牙？何以穿我墉？谁谓女无家？何以速我

讼？虽速我讼，亦不女从！

国风·召南·江有汜

江有汜，之子归，不我以。不我以，其后也悔。

江有渚，之子归，不我与。不我与，其后也处。

江有沱，之子归，不我过。不我过，其啸也歌。

经诗·召南·陕西·女性

向前一步的她力量。

主流话语体系对女性声音经常忽视甚至刻意否认。

《诗经》对女性声音的重视，简直令人感动。

召南即今陕西岐山县西南，三千多年前，那个地方的女性也太飒了吧。

＊对待爱情，不是坐等安排，而是大声喊出：赶紧的啊，梅子都快熟透了，对我有想法，为啥不说呢？

她们的气急败坏，迫不及待，主动争取，也太可爱了。（摽有梅）

＊对面恋人，礼物大大方方地收，恋爱轰轰烈烈地谈。毫不扭捏，做作，半推半就。大有一副老娘就要跟你好，天王老子也管不了的架势。（有野死麕）

＊面对性骚扰，绝不忍气吞声，叉着腰就骂开：呸！不要脸的！你不就有点儿破权势么？老娘就算死监狱里，也不会跟你这个狗东西好的！（行露）

＊面对劈腿，一点儿没有跪舔，直接手撕：你的狗眼啥时候瞎的，还不要我了？！你不用现在嘚瑟，以后有你哭出鼻涕泡儿的时候！（江有汜）

孔子曰：诗三百，一言以蔽之，思无邪。

孔子说的是对的，《诗经》最动人的地方就是真诚炙热的感情。

国风·王风·大车

大车槛槛，毳衣如菼。岂不尔思？畏子不敢。
大车啍啍，毳衣如璊。岂不尔思？畏子不奔。
榖则异室，死则同穴。谓予不信，有如皦日。

诗经·大车·为爱痴狂

"岂而不思？畏子不敢"分明就可以翻译成：想
要问问你敢不敢，像你说过那样的爱我。想要问问你
敢不敢，像我这样为爱痴狂？

《诗经》还真是源头书，每读一首，脑子里就
会联结出好好多多东西。从电影到歌曲，从文章到
书籍……

那个女孩信誓旦旦：我将永远忠于自己的心，披
星戴月奔向理想和你。

可是，姑娘啊，不是双向的奔赴，注定毫无意
义，一场悲剧。

诗经·男版李子柒·齐啬鬼

《诗经》带给人的惊喜真是猝不及防。

汩汩洳里的帅气小伙子，简直就是古代男版李子柒。

人帅能干话不多，引得少女一直尖叫：啊，好帅啊！好帅啊！

我现在回看堵在德云社门口的姑娘们，一点儿都不惊讶了。理解，理解，正常，正常。

用一句特别流行的话就是：你身上干净耀眼的少年气，晴朗了我少女时代所有的雨季！

再提谁抠搜的，别总说只会举两根手指的严监生了，山有枢里面那位，才是抠搜的祖宗。

国风·邶风·柏舟

泛彼柏舟，亦泛其流。耿耿不寐，如有隐忧。微我无酒，以敖以游。

我心匪鉴，不可以茹。亦有兄弟，不可以据。薄言往愬，逢彼之怒。

我心匪石，不可转也。我心匪席，不可卷也。威仪棣棣，不可选也。

忧心悄悄，愠于群小。觏闵既多，受侮不少。静言思之，寤辟有摽。

日居月诸，胡迭而微？心之忧矣，如匪澣衣。静言思之，不能奋飞。

诗经·邶风·柏舟

不知道孔子编订这首《柏舟》时是怎样的心境？

"泛彼柏舟，亦泛其流。"柏木因其坚实芳香，常作为栋梁之材。

柏舟就是柏木做成的小船，就是这样珍贵有用的小船，却漫无目的漂泊在河中央。

这哪里是写柏舟，这分明就是孔子自己啊。

"我心匪鉴，不可以茹。""我心匪石，不可转也。我心匪席，不可卷也。"

我的心不是镜子，不能美丑都收。我的心不是石头，不能随便就转变。我的心不是席子，不能一卷就什么都不管。

想起《红楼梦》里林黛玉和贾宝玉证心那一段，是啊，我为的是我的心！

突然明白为什么孔子说以道侍君，不可则止了。（要以正道侍奉君主，不行就辞职）

昧良心的事儿，老子真的做不到啊！

微我无酒，以敖以游。

如果酒能让心一直麻痹，那这天下的酒都不够喝的。

下篇

在时光里

2018短书评

【老付拆书】母鸡九香的山茱萸城堡

一只不想下蛋，不爱吃虫子，热爱色彩的小母鸡逆袭的故事。

有《不一样的卡梅拉》《不莱梅的音乐家们》《鼹鼠的月亮河》的影子。整个故事还是非常紧张刺激的，五分之四都非常好。

鸡群大逃亡，让读者会担心善良的驼背老库受到伤害，没有交代清楚老库结局有点遗憾。

大团圆结局有作者的美好祝愿，但略显敷衍，特别是满脸横肉的恶人小怪，那句"对不起"突兀了些。

整体不错，四年级读比较合适。

【老付拆书】世界名著中的小主人公

幸运，竟然收到了一本蒋风先生签名的书。

被签过名的书就像被开了光的玉。

这本书再版的时候，老付才一岁。

里面分析了12本百年前的儿童文学名著，用对比文学的手法探讨这些儿童在成长过程中的共性与特性。

最感兴趣的是埃库特·马罗的《孤儿》，在老付看来这就是孤儿流浪记，饱尝人间疾苦，在生活的暴击中一夜长大。

但日本儿童文学评论家塚原亮一认为这是"旅行育人"。

生命所有的挫折到最后都是好事，

如果还没变好，那就还没到最后。

【老付拆书】扑克游戏

老付2019年定下的第一本课程书，3.8万字，不多不少刚刚好。

放在三年级，专治各种不爱阅读的毛病。

作为法国经典畅销儿童小说，它符合作为课程书的一切条件。

可深可浅，可说可演，贴近生活，趣味盎然，空间无限。

练习书目：《老师是位船长》《我们班的淘气包》《罗伯特的三次报复行动》。

拆封面：扑克牌中印着小丑（joker）的牌最大，象征四大帝的K也要屈服于它。

用哲学点儿的话来说："权利是暂时的，欢笑是永恒的"。

【老付拆书】祖孙情

暖暖：《苹果树上的外婆》和《查理的巧克力工

厂》很像，主人公最开始都要被折磨。安迪是因为没有外婆和奶奶，查理是吃不到巧克力，还要在每天上学的路上闻味儿。童年太不容易了。

暖暖妈：不光是童年。

（从名字上看，应该把《苹果》和《外公》放在一起对比阅读。但其实，《苹果》应该与《马提与祖父》放在一起，《外公》应该与《海边小屋》放在一起。适合四年级）

【老付拆书】知道你爱我

五分之四的内容都非常压抑，非常痛苦……直到你与杰登完全融为一体。你懂得他的恐惧，他的愤怒，这时候一只鹰闯入了，整个故事开始变得充满力量。

鹰是天生的捕食者，追野兔的时候，鹰的眼里容不下别的任何东西，对猎物的追逐才使它飞得那么快。

我们也要找到让我们变得飞快的事情。

与《乐琦》的叙事节奏非常相似，都是关于收养与自我救赎的故事，建议放在一起读。（适合高年级）

【老付拆书】杰西卡的借口

这本小说灵感来自《马萨诸塞的恶魔——以现代眼光审视塞勒姆女巫案》，12岁的安令20个无辜的人被判死刑。

多年以后，安承认自己并没有着魔，只是渴望被关注。

女巫类的儿童小说非常多，大多避重就轻，用女巫这个身份做些好玩儿的事儿而已。

这本《杰西卡的借口》还真是少见的"真实"，不断出现的恶魔声音，那些可怕的年头，复杂的驱魔仪式……

纽伯瑞儿童文学奖的评审专家真是了不起，他们对儿童童年生活的关怀与体谅，才让这么多"特别"的作品得以被看见。

【老付拆书】巨大的果酱三明治

暖暖一定推荐这本给我。

读完感觉确实很有趣。

被黄蜂困扰的痒痒村用智慧、勤劳和想象力彻底解决了难题。

图画尤其精彩，每一次读都有新的发现。

里面三个只知道用杀虫剂、网子和苍蝇拍的村民和其他村民形成了鲜明的对比。

看来，解决一个难题不仅需要：交流、付出、合作、坚持、庆祝……

还需要有非凡的想象力。

【老付拆书】两个小洛特

电影《天生一对》改编自埃里希·凯斯特纳的《两个小洛特》。

最喜欢里面的一句话：我从未想过，失去的幸福可以像耽误的功课一样补回来。

【老付拆书】埃米尔擒贼记

爱上凯斯内特是从他的照片开始的，这老头儿的眼睛真的太迷人了，如果活到今天，他已经120岁了。

在德国，他可是齐名格林兄弟的大师。

凯斯内特是讲故事的高手，一场擒贼记有始有终，节奏把握得相当精准，逻辑满分，丝毫不会给人跳戏的机会。

里面外婆的形象真是光芒四射。

【老付拆书】袖珍男孩儿系列

两本是一套的，如果没读过第一本《袖珍男孩儿》，可以看故事梗概图。这是凯斯特纳的贴心之处，为先拿到第二本的孩子，图文并茂地介绍第一本的内容。

这两本书插图好得不得了，整个读下来就像看了一场电影。

凯斯特纳的书中永远不乏幽默和讽刺，同时还有对儿童深深的理解和爱。

不论你多么与众不同，总有人会爱你。

【老付拆书】爱看书的插图

真是一本好书，作者用了十年才写成。

他带着你不断地在世界名著的文字和插图中游走，阅读的快乐变成了平方数。

那些珍贵的插画吸引着你一遍又一遍地翻看。

你会发现，画家对作品的阐释，远远超过了研究者和评论家。

很多名著改编的电影，里面大量的布景和道具，甚至主角的模样和气质都是在还原插图。

【老付拆书】我可没想被写进这本书

我对"大声朗读"一直存有偏见，认为这种方法耗时间费嗓子还特别傻。直到遇见这本书我才发现，有些书就是要大声朗读。

当你大声读出小鸡对鳄鱼的"偏见"时，

当你大声读出鳄鱼的"反驳"时。

你不自觉地就会站在不同的角度去思考"偏见"这个问题。

面对"偏见"，如果你是小鸡，就要有勇气敲开门去看看"真相"。

如果你是鳄鱼，也要有气度，打开门，表示"欢迎光临"。

喜欢和讨厌都是"偏见"，好吧，我承认，我对这本书有着喜欢的"偏见"。

【老付拆书】天蓝色的彼岸

死，太容易了。

骑脚踏车低头看鞋带的三秒钟，一辆冲过来的大卡车就能把你送到"他乡"。在天蓝色的彼岸，如何才能平静地跳下去，重新进入生命的轮回？

这本书让你借由一个叫哈里的男孩重返人间。

他不停地在你耳边碎碎念，你看到了他昔日的好友和死敌，你听到了他父母心碎的声音，你陪伴他与姐姐完成生命中最后的交流。

"人生是一场旅程。我们经历了几次轮回，才换来这个旅程。而这个旅程很短，因此不妨大胆一些，不妨大胆一些去爱一个人，去攀一座山，去追一个梦……"——《大鱼海棠》

【老付拆书】一流的人读书，都在哪里画线

老付的书单七成是专业书，三成是拓展书。

这本书是介于两者之间的好书。

讲的是如何借阅读的力量成为成功的商人。

老付读过很多开头势如破竹，结尾后继无力的书。

这本却恰恰相反，越到后面越好，绝对是物超所值的一本书。

"读书，就是在成千行文句中，找出能开启你全新未来的一行字。"——巴菲特

【老付拆书】柳林风声

两本都是名家译本，给人的感觉却完全不同。

放弃洞中生活，奔向春天的鼹鼠调笑兔子的情节中，叫兔子"蠢货"和"洋葱酱"真是相差太多了。

洋葱酱是当地吃兔肉必加的佐料，当着兔子面大喊"洋葱酱"，是邻居间无伤大雅的玩笑话，叫"蠢货"有点儿过了。

这就好像寝室兄弟火车站送行，一男生对另一男生说："我买几个橘子去。你就在此地，不要走动。"

作为路人的你定会会心一笑。如果那个男生说："儿子，一路平安。"

你只会摇头，大叹这世界越来越难懂了。

【老付拆书】624件可写的事

这是一本创作练习本，是完成了一半的书。

另一半需要读者帮忙完成，这确实极大地激发了读者的参与热情。

这本书还有一个很棒的地方，就是里面的"写作条目"让你脑洞大开，有话想说。

这真的比写"记一件有趣的事"有趣多了。

【老付拆书】笨狼的故事

狼妈妈赌气一个人去旅行，狼爸爸追狼妈妈，把笨狼丢家里看家。

是的，你没看错。

笨狼是一只被父母塞了一嘴狗粮，脑子又不太好使的"留守儿童"。

33个小故事，每个都独立成篇，每一篇又有千丝万缕的联系。

让你看了不禁大笑，又感觉周身温暖。

它让我想到电影《麦兜》里的一句话：他不是笨，只是太善良。

【老付拆书】豆蔻镇的居民和强盗

没有女巫，没有仙子，没有魔法。

就是在一个谁也不知道的豆蔻镇发生的普通人的事。

但你还是会把它算作童话，人物身份和语言的错位总把你逗笑。

"你们投不投降？"

"假如你们再给我三块姜糖面包，我们就投降。"

从头唱到尾，据说原著还有谱子，可以跟着唱。

叶君健老师真是厉害，歌词翻译得真好。

【老付拆书】鹰宝儿会安然无恙么？（预测）

这是个讲鹰老爸教鹰宝儿飞行的故事。

老爸告诉鹰宝儿："我们要乘风而行。"

然后把儿子从悬崖上推下去。

虽然鹰宝儿一直大喊救命，但文末的"wonderful"却在暗示，安啦，没那么糟。

四块石头是鹰宝儿可能的遭遇：挂树枝上，摔石头上，受伤，学会飞。

学生把可能的选项涂上色，然后说说是根据文中哪些细节预测的。

最后两个问题价值也颇高，指引儿童从不同的角度去理解文中的人物。

1. 你认为鹰宝儿被父亲推下悬崖的时候是什么感觉？

2. 在故事的最后，鹰老爸又有怎样的感受？

【老付拆书】晴天有时下猪

暖暖说一看封面就是日本的，特别夸张。

宫西达也也是这样，手画得像肉包子。

虽然作者的简介上写这套书是日本儿童文学"荒诞故事"中经典中的经典。但孩子一点也不觉得荒诞，他们非常认真地玩儿这种"明天日记，明天实现"的游戏。

别只想着用这种图文的形式和"明天日记"的主题教孩子写日记，那是"椟"，激发儿童想象力才是"猪"。

是的，晴天有时下猪，写得不好，写得少都没关系，猪飞起来才是大事。

【老付拆书】铁路边的孩子们

认识内斯比特是从《沙精三部曲》开始的。

内斯比特文字风格很鲜明，故事讲着讲着她就会跑出来和你说两句。

翻译她作品的任溶溶爷爷恐怕是深受她影响，他在作品中也经常会跳出来和读者聊两句。

内斯比特书中的主人公都是一群孩子，这跟内斯比特的家庭有关，孩子们总是吵架却也互相深爱着对方。

孩子中的老大一般是女孩，扮演着母亲的角色，善良、温柔又勇敢。

一定会有一个淘气且别扭的男孩子，就像这本书里的彼得。

不过，这本明显比《五个孩子和一个怪物》更好看。

爸爸的突然消失让整个故事充满悬疑的色彩，最后的结局令人满意。（适合五年级）

【老付拆书】一年级大个子二年级小个子

古田足日很有对象感，书一开头就是通过质疑题目进行的导读篇。

一年级的正也个子高高的却非常胆小。

二年级的秋代个子矮得像幼儿园小朋友，却敢为了道理把五年级的值周生打哭。

有人说这是一本大姐头带小弟出道，小弟单飞的书。

老付笑出了声，想到了《我的老婆是大佬》。

每个人都有自己需要面对的人生课题，正也是爱哭，秋代是个子矮。

不过不要急，我们终能等到那个给我们三颗痣的人。

她的到来会让我们看到生命的真相和出口。

但取经的路，摘紫斑风铃花的路，都要我们自己走。

不怕呢，我们有花环和爱人的一滴泪。

【老付拆书】山楂村和狗獾村

这本绘本符合老付对中国原创绘本的所有美好想象。

中国地大物博，每个地方都有属于自己的记忆，作者和绘者要向真实学习，向回忆学习，记录下真实生活带来的感动滋味。

不是说随便放个剪纸，画个年画儿就是中国风了，那太抽象，太符号，太不走心。

这本绘本里的扁担钩，山楂酱，大铁锅，小马扎，狗獾……会勾起每个东北人的记忆。

东北管狗獾叫獾子，一般骂人会说獾子成精，一是指长得丑，二是指太狡猾了。

山楂这种既廉价又好吃的"水果"，10月左右成熟，东北人会做成酸酸甜甜的山楂酱留着过冬吃。

在大雪封山，没有任何水果的东北，山楂酱里是东北人顺应自然，顽强生存的智慧。

【老付拆书】阅读儿童文学　梅子涵

梅老师19年前开了个"子涵说童书"的栏目。

每周从喜欢的童书中挑一本，很多是原版童书，后来才被引进到中国。

童书的推广和普及，梅老师功不可没。

他会写一写这些童书主要内容和自己的阅读感受。

这本书有76篇，推荐了80多本经典童书。

有一些把故事全写上去，然后加一段读后感。

有一些写得很动人，里面加入了很多他个人宝贵的记忆。

梅老师对优秀童书的定位，对童书教育性和趣味性矛盾的理解，都散落在这本书里，细心的你，绝对可以找到。

【老付拆书】坏脾气的玛格丽特

身边有熊孩子的，都应该来看看这本书。

前面五分之四的部分，我简直想冲进故事，揍这帮熊孩子加上玛格丽特一顿。

但当这个叫萨莉的超级熊孩子坚持自己叫玛格丽特的时候，我已经不那么讨厌她了。

是的，你没看错，老付被完全带入故事中了，恨得牙痒痒，也感动得心都化了。

爱，从来不是为我们幸福而存在的东西。

在痛苦和坚忍中，我们才会明白爱的终极奥义。

爱就是，从来不问对不对，好不好，值不值。

甚至连要不要爱都不会问，就一头扎进去，不愿醒来。

用动物做主角是对的，如果用人，简直惨不忍睹。

【老付拆书】聪明的狐狐

这是一只从小听故事长大的狐狸，会说人话，会打电话，会写字，爱吃香喷喷的火腿，喜欢戴眼镜和穿奇装异服……

在三番五次模仿列那狐失败后，它与时俱进，更新套路，走出了一条专属于自己的金光狐道——成为护林人。

暖暖认为这本书不如《列那狐》有意思，把狐狐安排成护林人也极不真实。真是没办法呢。

在老付的心里，能和列那狐媲美的狐狸，也就只有《聊斋志异》里的婴宁了，连苏妲己都不行。

【老付拆书】少年时·写作

好东西，自己会说话！推荐！！

非虚构类写作一文中，埃米尔·佐拉的《我控诉！》和薇依的《支持堕胎合法化》演讲从两个角度展现了非虚构类写作巨大的力量，看得老付热泪盈眶。

令我不禁想起村上春树在耶路撒冷的演讲：永远站在鸡蛋一边。

在阅读中，比积累好词好句和写作方法更重要的——思想的积累！

【老付拆书】访问童年　殷健灵

有本书叫《童话都不敢这么写》，这本《访问童年》里的26个真实的童年故事，让老付觉得小说都不敢这么写。

谁的童年没几道伤口。

以前一直想摆平这个世界，后来就想着怎么摆平自己，现在却只想跟自己和解。

我知道这个世界不美好，却依旧爱它，并允许这份爱在心中长成花园。

【老付拆书】窗

50位作家，50扇窗。

窗不仅通向这世界，

也投射了我们自己。

【老付拆书】手斧男孩

驾驶员因心脏病猝死，飞机在原始森林上空无人掌控，而你是唯一的乘客，你以为这就是绝境了？

13岁的布莱恩父母离异，母亲的秘密让他痛苦愤怒，他的人生早就已经身陷绝境了。

密林中危机重重，饥饿，恐惧，野兽……

上天会用它的方式爱你。

请握紧"手斧"，劈开你面前的绝望。

你，就是你拥有的一切。

【老付拆书】跟叶圣陶学习批改作文

看题目想起了《那片绿绿的爬山虎》，一翻，果然有。

给学生看，是很好的范本。

老师别觉得压力大，叶老改的是参赛作品，你要是以此为标准，呵呵，给你个眼神儿自己体会。

修改是小的技术，关键要看背后的理念和态度：修改要认真，仔细，反复。语言要干净、准确、规范……

【老付拆书】现在开始上语文课

薛老师这本书四年前就看过，那时候囫囵吞枣，浪费了诸多好东西。

这次拿出来重读，十六节实录课，十六篇名家点评，每个反复读三遍，又有了不同的收获。

这本书选的课文散文居多，也有神话，通讯，习作，诗词和说明文。

板块式教学活动：听记字词—概括语段—朗读体验—模仿写话，在常态课中也非常实用。

老付最欣赏潘老师习作评价中的三个超越，即观念、知识、方法的超越，为教师处理教材中的习作要求提供了新的思考路径。

【老付拆书】玛蒂尔达

暖暖和我聊到了浅语的艺术，她不赞同罗尔德用"结痂"这样的表达方式写书。

她觉得罗尔德可以用更浅显的语言，不应该给孩子带来阅读上的困难。

我拿雨果《钟楼怪人》的语句和她探讨"结痂"究竟是浅语还是深语，浅语是否依旧有丰富的文学内涵。

"群众还是像看到糖果的蚂蚁，一波接一波地往这儿涌来。"

（把群众当作涌向糖果的蚂蚁，很有画面感，让人更容易理解人们涌来的样子）

暖暖很开心，觉得罗尔德把玛蒂尔达比作"结痂"太妙了。

把玛蒂尔达在家中不受重视，随时会被丢弃的感觉写得很有画面感。

然后她让我说说对狄更斯、吉卜林、福克纳的看法……

暖暖对罗尔德·达尔的热爱就是不断重读他的书。

暖暖说，她和玛蒂尔达一样，人虽然坐在小房间里，心却在周游世界。

暖暖一直在等待罗尔德的车子刚好在家门口没油，然后请他进来喝杯茶。

我问暖暖该怎么确定来的人是罗尔德。

暖暖说，她会认出来的，罗尔德先生就像了不起的狐狸爸爸，天真可爱又聪明，充满了孩子气，这样的大人并不多。

那我要不要告诉她，这个老头儿已经在28年前坐着大玻璃升降机去外太空了呢？

【老付拆书】家族家簿

难怪屡获大奖，真是难得一见的佳作。

熟人，诱骗，欺瞒，威胁……

恶心，担心，害怕，自卑……

最后，老鼠夹子弄伤了小妮丝漂亮的尾巴，也让小妮丝终于有机会，有勇气和妈妈说出瓦堤亚叔叔的"秘密"。

用儿童能接受的方式保护儿童，真是功德无量。

【老付拆书】法国儿童文学史论

做了两天评委，忙里偷闲读完了这本《法》。

每次读方卫平老师的书都被他的学术态度感动，就是因为有这样的学者，勤勤恳恳，扎扎实实做学问，我们才能坐享其成读到这么好的东西。

书里面有熟悉的列那狐，拉封丹，贝洛，卢梭，凡尔纳，圣·埃克苏佩利，波尔·阿扎尔，也有不熟悉的勒内·吉约，欧仁·尤涅斯库，图尼埃……

【老付拆书】那一年，叶子没有落下来

呼～一口气读完。

早上才到的新书，2018年10月第1版，是我特别喜欢的那种热乎乎的书。

它总会让我想到《小王子》，那么浅淡，又那么深刻。

爱，梦想，自由，时间，成长，成全，抉择，理解，勇敢，坚持，死亡……作者用好玩的童话和孩子们探讨这些抽象又重要的问题，不说教，用选择后的自然结果给孩子们开悟。

因为爱，那一年，叶子没有落下来。

因为爱，那一年，叶子铺天盖地地落下来……

【老付拆书】你那样勇敢

这本书写于78年前，作者应该是受到《鲁滨逊漂流记》的影响，无论是对于海洋的疯狂迷恋还是对自

然的征服欲都十分相似。

作为童书，它的节奏更加明快，故事如海浪般起起伏伏，非常吸引人。

暖暖之前看过《海洋奇缘》，所以对莫阿那和毛伊非常熟悉，她跟着玛法图克服了恐惧，干掉了双髻鲨鱼，烤了凶猛的野猪，做了漂亮的猪牙项链……我们一辈子都不可能流落到食人族所在的孤岛，但我们却可以跟着童书，跟着主人公一步步变得勇敢！（适合中年级）

【老付拆书】笑谈大先生——样子

萧伯纳在上海见鲁迅，称其样子好，据说先生应声答道：早年的样子还要好。

鲁迅长了一副好样子，一副和他的文字相匹配的好样子，一副那个时代需要的好样子。

但我一直觉得，他一定有一副更好的样子，那是真实的，好玩儿的，作为一个人而非"鲁迅"的好样子。

周家人都气质不凡，其弟即使被押赴法庭，也同样是一副读书人的样子。与鲁迅观点相左的胡适也是一副好样子。

写这本书的陈丹青，样子也是让人过目不忘，只是眉眼间，还是凶了点。

【老付拆书】我喜欢自己

人，生而孤独，无人可以幸免。

与自己相处，是一辈子的修行。

【老付拆书】金老爷买钟

佩特·哈群斯的风格鲜明，《金老爷买钟》和《母鸡萝丝去散步》在绘画技巧上有太多相似之处。

这本《金老爷买钟》在错位的荒诞中把英式冷幽默展现得淋漓尽致。

孩子站在全知全能的视角，看着金老爷不停地跑上跑下，嘴角不由自主就会挂上浅笑。

钟表的知识肯定要掌握，在拼房子的过程中，孩子自然而然就会梳理出其中的逻辑bug。

大人呐，就是喜欢把简单的事情弄复杂……

【老付拆书】活了一百万次的猫

如果遇不到"白猫"

一百万次的"活"

也不过是轻飘飘

你是谁的"猫"？

谁又是你的"猫"？

【老付拆书】书，儿童与成人

阿扎尔用比较文学的手法完成了这本书，虽然它被定义为儿童文学理论书，但里面炽热的情感，优美的语言，让你感觉就像在读一本散文集。

书里对卢梭的《爱弥儿》有非常理性的解读，《鲁滨逊漂流记》背后的故事也对深入解读颇有帮助，写得最好一章是"童话王子安徒生"。

使麦子如波浪般摇曳的不是风，而是心中澎湃的感情。

幸好还有童话，我们通过文字破解了生命的谜题。

幸好还有爱，我们用滚烫的泪水融化了内心的坚冰。

【老付拆书】深夜小狗神秘事件

作者马克·哈登一再强调，这本16.9万字的小说是写给成人看的。

虽然它获得了那么多儿童小说奖项。

当我读这本书的时候，整个人不自觉地陷入了包法利式阅读。

这几个小时，我就是阿弗，我用他的眼睛看拥挤的人群。

我和他一起手握有十三种功能的瑞士军刀来抵御这个世界带来的恐惧。

我只喜欢红色，我讨厌黄色和棕色，因为它们会让我联想起粪便，我不喜欢别人碰我，连父母也不行。

我有一只叫作托比的宠物老鼠，它没有携带病菌，它是白色的，身上有椭圆形褐色斑点。

我通过了普通教育高级证书数学考试，是我们学校第一个通过考试的人，我得了A，我查出了在深夜杀死威灵顿的人……

每个生命都自有逻辑，阅读，让我们通过别人的生命，完成了与自己的和解。

【老付拆书】宛如一部小说

我被书中的诗人教师佩罗彻底迷住了。

听写完最后一个成语，我左手插兜，右手拿书，缓步走在教室中间，给学生读聚斯金德的《香水》，读佩罗如何从帆布袋子里倒出香烟、钥匙、发票和半桶的书……

财不外露是有道理的，书也不能外露，现在，这本书被扣在学生手中了。

【老付拆书】小说是灵魂的逆光　苏童

苏童的文字读起来很顺，即使放慢速度，这本书还是很快见底。

就像嗜酒之人，摇晃着空空的酒壶，心中难免失落。

在书中，我跟着苏童又一次走进了盖茨比隐秘的爱情。

看到了包法利夫人墓碑上：不要践踏一位贤妻！

在孟姜女的眼泪中完成了人与墙的对话。

重新获得了张爱玲《倾城之恋》中志在必得的爱情"惨胜"。

完成了《红楼梦》里志在也不得的"宁为玉碎不为瓦全"……

酒喝完了，好在酒香依然留在唇齿间。

【老付拆书】相遇 周保松

最近在通读周保松先生的作品，这本《相遇》是我蛮欣赏的一本。

相遇不同于遇见，里面有说不清的缘分，是互相的，不是单方面的看见。书里有作者与师长，学生，书，哲学和过去的相遇。

我最喜欢读师长和书这两章。

周保松还有一本书叫《走进生命的学问》，当我读到陈特对周保松说，唐君毅先生告诉他读哲学要和生命有关的时候，我很感动，唐先生告诉陈特，陈特告诉周保松，周保松又在书里告诉我……

学问要与生命联结，人不应该只是工具的人，经济的人，更应该是完整的人，自由的人。

【老付拆书】当我们谈论《安妮日记》时，我们在谈些什么

虽然纳森·英格兰德这本书获得了很多知名作家的夸赞，但老付只想读读其中作者对《安妮日记》这本书的看法。

老付读繁体和简体速度相当，唯一麻烦的是竖版排版，习惯的不同会减缓阅读速度。

而这，正是我想要的。

纳森用37页来介绍两个犹太家庭的聚会，两位妻子是学生时代的闺蜜，两位丈夫性格迥异。

他们从不熟悉，到尴尬，再到相处融洽，其中有大量风趣幽默的对话。

四个人对家庭，婚姻，种族，历史，人生都有相当精彩的言论。

后面6页半是女主人的"安妮·弗兰克"游戏，即用冥想方式来判断，如果再次发生种族屠杀，你的朋友会选择把你藏起来么？

老付看完热泪盈眶，唉，纳森怎么可以把《安妮日记》读得这样好……

【老付拆书】绿野仙踪

这本书为什么被称作西方的《西游记》？

多萝西也好，唐僧也罢，最怂的人凭什么是一群强者的领导？

答案很简单：因为他们信念最坚定。

修行不过是修心。

哪有什么孙悟空，猪八戒，沙和尚，《西游记》里磨得永远只有唐僧一人。同样，哪有什么稻草人，铁皮人，胆小狮，费了一大圈儿的劲，最后回家的方式是最开始的银鞋子还没点醒你么？

成长的秘密永远只能在你自己身上找答案。

踏平坎坷成大道，斗罢艰险又出发，往前走，莫问，莫回头。

【老付拆书】猫先生和小小人

生于初雪，终于冬末……

如果一段感情从一开始就是倒计时，你还有没有勇气去开始？

小小人如天使搁浅人间，猝不及防闯进了猫先生的心。

爱来得太快，也走得太急。

我们知道，每个幻想都会幻灭，每次动心都有风险，可是依旧无能为力。人间流浪千年，不如在你肩头痛哭一晚。

如果失去是结局，那就让我好好记住你。

在爱里，你是猫先生还是小小人？

【老付拆书】图书馆去旅行

老付喜欢这种还冒着热气的新书。

不同于英式一本正经又饱含机智的吐槽，这本书的"法式幽默"轻松地散落在嘘小姐细碎的生活中，读起来非常惬意。干净的语言，清晰的结构，它确实非常适合作中低年级课程书。

它让老付想起了《无字图书馆》，想起了博尔赫斯诗句里图书馆就是天堂的模样，想起了无数个在图书馆里度过的美好时光。

一位老爷爷需要读小时候总也读不懂的语法书，一位工人要在蜜月里和太太读一本诗集，书真好，愿每一个人都能、总能、一定能找到属于自己的那本好书。

【老付拆书】昆虫记

除了昆虫知识，观察方法，诗化语言，《昆虫记》最大的魅力在于法布尔看待这个世界的目光，里面有接近禅的味道，那是一种万物皆有灵的天生境界。

这样的人，老付还真见过，一个是清华附小的虫子男孩，一年四季养甲虫，走遍全世界就为了看虫子，拍虫子，写虫子。

还有一个是朱赢椿老师，一个为虫子立说，为虫子爬过的痕迹，为鸟屎的千变万化，为自己心灵世界痴狂的人。

就像法布尔趴在树上观察螳螂，被人当作小偷。

这样的人注定会被误解，也注定会被一直一直记住。

【老付拆书】阅读教学与文本解读

这本书是詹丹老师在母亲病床前完成的，快写完的时候，母亲病故了。

我不知道他是怎么挺过那段日子的，我只知道，当你的灵魂经历狂风暴雨的时候，阅读和写作就是你最好的避难所。

关于《咏柳》，我先读了袁行霈的解读，然后是孙绍振，最后是詹丹的。吴小如的没有找到。

不过，看学者们华山论剑，斗智斗勇还真是人生一大快事，它让你在思维摆荡中，获得无限的乐趣。

老付个人目前更同意"小家碧玉"的解读，至于文中说的既要保持理性的判断，又要保有非理性的直觉，这还真是要时刻提醒自己的事。

【老付拆书】说来听听

七成老师对这本书的评价是：真的读不下去。

老付一直在琢磨，这本书为什么会看起来累呢?

这个跟它的叙述风格和节奏或许有关系。

语言文学性不够，选的例书我们也不熟悉，前面过于臃肿，内容还有重复。老付这么说并非说这本书不好，恰恰相反，我觉得这本书很值得一读。

这本书的主旨是一个八岁的英国女孩说的："除非我们，将读过的书拿出来讨论，否则我们无法真正明白自己对这本书的看法。"

是的，明白自己。除了这些金句，里面还有三宝：

1. 书名里的儿童观。

2. 梳理整本书议题的方法。

3. 提出好问题的套路。

【老付拆书】写作教练在你家

郝广才的《好绘本如何好》是绘本研究的经典入门书。

这本《写》是郝广才写给孩子们的书，直接用诺奖大师的作品教小朋友写作的秘密。

低中年级要有老师引领，高年级孩子自己就可以读。

老付最近贪玩儿，用了两天才读完。

班级孩子和老付在一起读，当然，我们读的是繁体版本。

上个月当当有了简体版本，对比了一下，不如繁体的舒服。

这本书不仅对写作力的提高有帮助，对阅读力同样有效果。

【老付拆书】教书·读书　冷玉斌

生命的暴击与恩赐是同时到来的，随着冷老师的目光，我们一起去看看那些伟大的灵魂和那些闪光的智慧。

刘瑜、于永正、施良方、帕克·帕尔默、约翰·洛克、内尔·诺丁斯、陈丹青、阿尔贝·雅卡尔、雅斯贝尔斯、陶行知、佐藤学、苏格拉底、柏拉图、色诺芬、维兰德、黑塞、怀特海、卢梭、杜威、蒙台梭利、阿兰、河合隼雄、刘绪源、龙应台、张大春……

【老付拆书】阎连科的文学课堂

老付放慢速度，用近六个小时读完了这本书。

这本书是阎老师在香港科大的讲课稿，读的时候总有种坐在大学课堂的感觉。

十二堂课，他把19世纪最伟大的作家拆了个遍，并从他们的作品中探寻小说的写作密码。

之前老付一直读一百年前的经典名著，这次跟着阎老师把二百年前的经典梳理了一遍，感觉文学的大系逐渐有了轮廓。

书中作者与读者的无文契约，欧·亨利、莫泊桑和契诃夫短篇小说的人物比较，心绪小说中有情感、会思考的细节，作家风格的安检指纹是语言……好东西铺天盖地，像草原的丰绿，田野的硕禾。

【老付拆书】全语言的全全在哪里

当年，是肯·古德曼先生的书带着老付摸到了阅读的大门。

曾经读着晦涩难懂的书，如今读着简直流畅的感人。

"太阳底下没有新鲜事物"这句话真的是对的。

看了一系列教育专著后，发现反反复复就在讲两个字：拆、合。

儿童本位就是拆，即尊重儿童个体。整体观念就是合，即从整体看待万事万物。

古德曼先生在这本书里也就只说了这两个词：儿童本位，整体观念。

如果拓展成一句话就是：帮助每一个学生（哪怕他有阅读障碍），把他们当作一个完整的人，在一个完整的环境中，学习完整的语言。

如果加上事例就变成了一本书：《全语言的全全在哪里》。

【老付拆书】书到今生读已迟

晚上开了一本新书。

要感谢冷老师，是他的一篇文章让我遇到了《书》。

原来《书》的作者黄德海是《书读完了》的编

者，真是有遇到旧相识的亲切感。

一篇代序就已经让我有值回票价的感觉。

正如书中所说的"共通感"一样，心里有个声音在说：嗯，这本也是对的。不知自己什么时候能窥见"宗庙之美，百官之富"，感受到剑术至理。

就算今生已迟，可是那又有什么关系呢？即使不是被选中的那个读书人，但今生与书交过手，亦是可嗅书香的有缘人。

一上班，时间便不属于自己，今天只读了四篇。

这四篇是读《左传》《春秋》《史记》的方法，是理解这个世界的思维方式，更是活好当下的实操手册。

我喜欢子产的理性，喜欢他几乎做对了所有事，仍然要面对无限咒骂的清朗与克制。

我喜欢孔子"累累若丧家之狗"，却仍不放弃促使社会变好的微弱可能。我喜欢六鹢退飞过宋都的美好景象，是的，我们回得去，我们可以重新开始，至少，在我们的头脑里。

"书到今生读已迟"是袁枚说黄庭坚转世故事的话。

那些被选中的读书人，要读几世的书才有今生的诗书画三绝。

这种说法可真好，让人瞬间冷静，心思澄澈起来。急什么呢？

还有几辈子的书要读呢。

第一大章"跳动的火焰"马上要读完了，我才幡然醒悟，自己读反了！

黄德海用九篇文章拆了唐诺的《眼前》，他的观点恐怕会使我对《眼前》的某些看法先入为主了。

【老付拆书】沙之书　博尔赫斯

"上天给了我浩瀚的书海，和一双看不见的眼睛，即便如此，我依然暗暗设想，天堂应该是图书馆的模样。"

你对这段话一定很熟悉，它改选自博尔赫斯的《关于天赐的诗》。

《沙之书》是他作品集中的一本。

老付最爱《乌尔里卡》，当西古尔德喝了忘酒，把沾满剧毒的剑横在布伦希尔特的床上时；当乌尔里卡叫他西古尔德的时候，就注定了这个故事是个悲剧。《乌尔里卡》像一则预言，也像一则寓言。

博尔赫斯从预言走向寓言，这正是他的伟大之处。

世间男女之间都横着一把沾满剧毒且已出鞘的格拉姆之剑，你以为自己厚皮老茧，结局却都是非死即伤，爱情饶过谁。

【老付拆书】小学生如何写好作文

聊到梁晓声，肯定越不过《慈母情深》。

里面对母亲的慢镜头描写，打动了无数读者的心。

在他这本书中，老付找到了这种写作手法的心理源头（习惯思维），梁先生在阅读的时候同样喜欢用拍电影的方式一帧一帧地品味。

这种方法非常适合用在写作日训练上，也就是如何短文变长文。

梁先生教五年级学生写雨的部分实在是有趣，一个死活就是写不出雨的孩子怎么教？

想象（编）一场雷阵雨。如何指导孩子想象（编）得妙，方见老师的功夫。这本书实在是容易读，高年级的孩子可以自主阅读。

这就是一个作家对着小学生聊聊他的创作心得。

【老付拆书】威廉·福克纳

威廉·福克纳1949年获得诺贝尔文学奖，是美国文学史上最具影响力的作家之一。

《我弥留之际》和《喧哗与骚动》是他最杰出的两部作品。

《我》的成功在于他创作了最漂亮妥帖的长篇小说结构，里面共有十五位叙述者，每一个章节都在不断变换叙述视角和叙述时间，这种跳转的，打乱的，自由的多点视角对世界范围内的作家都产生了巨大的影响。

《喧》是意识流小说中最完美的，通过傻子班吉的视角，去理解气味、声音、时间、生命、疾病、死亡。

你千万不要被老付哄骗，或被诺贝尔奖迷了眼。

福克纳从来不写浅显的句子，语言混沌而模糊，有光怪陆离的错觉。

准备读它们之前，要做好心理准备。

【老付拆书】小学语文教师

虽然是一本杂志，但也可归到书里，有价值，老付就愿意拆。

读书要有整体观念，这里一共四篇文章：《指导课教学设计》《书册教学价值》《童话书阅读策略》《童话书阅读力测评》。

单看这四个类项就颇有价值，均以《鼹鼠的月亮河》为例，指向的都是童话书的阅读，并且教学评一体。

"以本达类"的思维是对的，叙述明明白白，方法更是清清楚楚。

那么问题来了，为什么"预测""图像化""演一演""讲一讲"被认为是最适合的童话书阅读策略呢？

因为简单啊。并非这些策略不可用，但大目标不清，就总是差临门一脚。三年级，围绕核心主题梳理情节，能够在交流中深化理解就很好了。

核心主题就是王一梅老师那一句：送给独一无二的你。一本书东西太多，抓主要问题才是王道。

【老付拆书】为生命而阅读

这本书在我书架上躺好几个月了。

书里面是一个叫作威尔的美国人跟你聊27本书和他的生活。

当然，这本书里远不止27本书，如果把书目全列出来，还是会很壮观的。威尔·施瓦贝尔作为美国人，他第一本聊的书竟然是林语堂的《生活的艺术》。

看一个美国人滔滔不绝地讲如何崇拜一位中国作家，这种感觉很特别。

他聊得并不深刻，也没什么创意，远不如我之前看的那些经典教育论著。但作为飞机读物，却特别适合。

两个小时旅程，刚好看完，并有恍惚的满足感。

【老付拆书】教育就是解放心灵

一百多年前的教育家们，无论他们来自英国、德国、意大利，还是印度，其核心的观点都惊人地相似，即教育是培养完整的人，而非培养工具。

这本书其实是克里希那穆提给学校负责人的70多封信。

几乎没有例子，大段的概念阐述非常烧脑，需要阅读者不断提取生命中的实例加以理解。

老付几乎是咬着牙读完的，有超过一半的内容无法深入理解。

其中知识对人类的局限性和束缚性让老付想到了Alpha Go和Alpha Go Zero的巅峰对决，前者是研究人类数千年来的棋谱深度学习，后者是从零开始，自我博弈的深度思维。

结果Alpha Go被自我学习三天的Alpha Go Zero完爆。

打破知识束缚，解放心灵是走向智慧觉醒的第一步。

【老付拆书】华德福全人课程

即使读了《童年的王国》《斯坦纳自传》《做适合人的教育》，看到这些课程依旧惊讶得合不上嘴。

这是我目前看到的全人课程中最棒的，没有之一。

我给她讲完全数的概念，告诉她335500366是第五个完全数。

我跟她说"善而美者寥若晨星，相隔邈远，屈指可数，恶而丑者却满目皆然"。

暖暖说真正的完美太少见，但我们可以努力做到自己的100%。

我跟暖暖讲婆罗门四个儿子的故事，告诉她4绝对不止3+1，5-1这么简单。4是完整数，一年四季，四个方位，一本书四个角，人有四肢，动物有四条腿，4拥有着天地之始就拜造物所赐的结构性力量……

【老付拆书】经典人物原型45种

这本书对老付来说相当重要，本来是想通过这本书的人物原型理论去分析整本书中的人物形象。

从而找到那条叫作"性格决定命运"的线索。

结果看完以后整个人惊到了。

它不仅能用来分析书中人物，更能用来分析真实的人生。

这本书通过荣格的原型理论和希腊神话提炼出了32个主角和13个配角原型，通过他们关心、害怕、动力以及他人看法等角度透彻地分析了人物的心理。

生活中每一个人包括我自己，我都能从中找到属于的类型，或是几个类型的综合。

我惊讶于自己对自己还有身边人的认知和定位，原来我心里都明白，连她们未来的走向，我都早就知道了。

性格是礼物，也是诅咒。

所谓逃不出命运的魔掌，是真的。

即使察觉了，也还是改变不了什么。

【老付拆书】童年的王国

鲁道夫·斯坦纳是华德福教育的创始人。

整本书由他的七个讲座和问答构成，我更喜欢把这本书叫作《斯坦纳七讲》。他用七天七场讲座给在英国要办华德福学校的人们彻底剖析了他的教育理念和他的儿童哲学。

整本书斯坦纳贡献了一个最重要的词——"整体"。

生命是一个整体，所以你教孩子的时候要用一生的长度去思考。

学习的方法也是一个整体，特别是换牙之前，要充分调动孩子的眼耳手鼻身心。

学习的内容也是一个整体，不能只讲岩石，要讲地球、土地、山脉，再讲山脉有哪些矿石……

里面有非常多的数学例子，我把这些例子讲给暖暖，她说她不想去小豆豆的巴学园了，她要去华德福念书。

【老付拆书】教育的目的

89年前出版的书，很薄。

里面的教育智慧今天读起来依旧十分震撼。

1. 不要同时教授太多科目，如果要教，就一定要教得透彻。（少而精深，教发现规律的方法）

2. 自我发展才是最有价值的智力发展。（学习的主观能动性）

3. 让儿童对所学东西进行自由想象和组合，儿童自己发现的概念能够帮助他们理解生活中层出不穷的各种事情。（触类旁通）

才11万字，老付竟然读了一个星期，也是创纪录了。

因为是"作业"，所以翻过来倒过去地读，硬是全都啃下来了。

学习英文的目的，对逻辑，风格的欣赏，分辨概念的重要性，数学史究竟教什么……这本书包罗万象，思维拓展的尺度和速度令我几乎晕厥。

【老付拆书】不要和青蛙跳绳

反复式的结构，不断循环的结尾，图画中大量的暗示……

让这本书非常适合做课程书。

在家—离家—归家的模式也让整个叙事结构非常完整。

小男孩的脚，没有穿鞋，小男孩在屋里跳绳故意反抗母亲，低垂的头和一反一正的手都在表达着不满的情绪。

虽然最后的结局是以后每个星期三动物们都可以在家吃饭，享受一天有妈妈的生活。

但图已经暗示我们，一切都是小男孩借助跳绳游戏想出来的。

为什么是星期三，左上角的日历给了答案，为什么是6月8日？

是小男孩的生日？还是爷爷离开的日子？

沙漏倒转，被妈妈丢掉的跳棋又回来了，那些美好的时光又回来了。

【老付拆书】巫婆的孩子与女王

巫婆系列的研究中，这本可最暖心呢。

巫婆的三个孩子闯了那么多祸，但他们并不是坏孩子，他们只是想帮助小美去看女王的卫兵。

其实，所有的孩子都是法力又大又不靠谱的小巫师！

但如果有一个又有爱，又强大的成人在他们身边，他们绝对会长成好巫师，并学会控制魔法。

不信你看，当穿着漂亮长靴的巫婆妈妈，骑着扫把从天而降时，三妹可是骄傲地说：我妈妈来了！她会搞定一切的！环衬耀眼的金黄色和结尾绚丽的彩虹一直在暗示我们，孩子能够长成好大人的魔法，从来都是爱、理解和以身作则。

【老付拆书】老鼠娶新娘

童谣：花对花，柳对柳，簸箕簸箕配扫帚，有一种非常温暖的世俗气息。阿郎从最开始抢绣球，就与众不同。

猫袭击时，也是他挺身而出。

其他"女婿"傲慢无礼，阿郎对老丈人尊重体谅。

人与老鼠共生共存的场景很动人。

太阳等世俗中的强大，暗藏的却全是猫的形象。

"门当户对"的概念大于婚姻，原来老祖宗在故事里藏着对我们最深的智慧和祝福。

【老付拆书】用设计解决问题

"画蛇添足"还是"如虎添翼"

1945年苏西·库伯设计的可翻转盖子的厨具，盖子底部是平的，有把手，翻转后可做盘子。解决了空间狭小和浪费的问题。

1963年乔恩设计的"盛放啤酒的砖头"不仅解决了啤酒杯和垃圾处理的问题，还解决了建筑材料的问题。

《用设计解决问题》是很早之前看的一本书，今天看的VA展让我对这本书又有了新的感悟。

理解，有时候，也要看缘分。

【老付拆书】月光男孩

依卜·斯邦·奥尔森在1972年获得安徒生插画

家奖。

他的《月光男孩》以罕见的异形开本（竖开）表现了一个小男孩从天缓缓降落的过程。

台湾格林文化1996年曾经出版过这本书，现在在格林文化官网上已经找不到了。

日本的版本更窄更长也更震撼，他国对于童书的用心和不遗余力，应该是我国出版人借鉴和学习的地方。

奥尔森2012年辞世，丹麦媒体以"这一天，图画死了"致哀。

奥尔森画的《哈夫丹的ABC》是丹麦人学习字母的教材，丹麦人用"你为我的童年画上色彩"为奥尔森做人生注脚。

丹麦人对孩子教材的用心同样是我们该学习的地方。

奥尔森一生中几乎每天都在不停地画画，同样作为摩羯座的我，透过他的作品看到了那颗执着而又狂热的心。

除了死亡，还有什么能阻挡信仰。

【老付拆书】捉迷藏　安东尼·布朗

年逾七旬的安东尼创作力依旧爆表，这是他第50本图画书。

色调的明暗和树枝的变形让一个简单的故事变得神秘莫测。

因为读惯了绘本，所以对色彩的变化，细节的暗示特别敏感。

你看到第一张图中小女孩脚下的爪子了吗？

你看到小女孩的影子是一只嚎叫的狼吗……

像老付这种绘本老江湖，竟然随着安东尼的笔触一路肾上腺素狂飙。

安东尼果然是大师，出手便是不同凡响。

篇幅有限，安东尼的好，懂他的人也未必全知道。

【老付拆书】孩子们的守护者

没有刻意的煽情，没有绚烂的色彩。

这本传记绘本用第三人称缓缓地讲述着科扎克不平凡的一生。

二战的背景下，作为犹太人的科扎克用一辈子的坚持和努力，让犹太孤儿在生命的最后依然拥有被保护和受教育的权利。

虽然他和孩子们最后在残忍的大屠杀中死去，但他眼中的悲悯和孩子们的平静是如此地震撼人心。

好久没读到这么好的绘本了，直面伤痕的勇气，才是伤口愈合的良药。

2019短书评

【老付拆书】企鹅经典·小黑书第一辑

《泄密的心》〔美〕爱伦·坡

爱伦·坡就是有这样的魅力，故事情节极其简单，可是每一处环境描写，每一次内心独白，都能把你吓得要死，但你又不舍得放下手中的书。

有的人把这种手法叫作"统一效果论"，就是每一句话，每一个字都是为了预先设定的恐怖效果服务的。

在爱伦·坡的小说中，多余的字词都被精简掉，而最能给读者带来恐惧的死亡气息则弥散在小说的各个角落，从而使恐怖效果发挥到极致。

《樱花树下的清酒》〔日〕吉田兼好

兼好法师的《徒然草》，清少纳言的《枕草子》与鸭长明的《古事记》并称为日本三大随笔集。

时隔700多年后的今天再读，仍是芳香四溢，难以释卷。

《给一个青年诗人的十封信》〔奥〕里尔克

里尔克这十封信自成体系，态度真诚，充满智慧。特别是他的女性观，100多年前的男性能说出这样的话。真是令人感动……推荐给刚入职的年轻人。

【老付拆书】波普先生的企鹅

没有悲伤，就不会有慈悲。以前读《波普先生的企鹅》，觉得皆大欢喜的结局，真好。

现在读它，却字字句句觉得心酸。

（大结局）波普先生接到了去北极的邀请，他却说："我怎么能跟你们去呢？我又不是探险家或科学家，我只不过是个房屋油漆匠罢了。"

去北极不是你一直渴望的吗？

为什么现在却突然胆怯了呢？

因为你觉得自己不配。

唉，阻挡你幸福快乐和完成梦想的，从来都不是别人，而是你自己。

【老付拆书】蒙古牧羊犬·黑鹤

收到新书，油墨的香味和牧羊犬下巴上的雪，老付都很喜欢。

这种摄影类的书真好，不需要太多文字，照片自己就开始讲故事。

借助黑鹤的目光，一遍一遍地去发现，那个我完全不了解的世界。

感谢黑鹤让我认识了蒙古牧羊犬，这种既凶猛又温情的动物，在它们的目光里，我也成为了它们的羊——被保护，被信赖，被需要，被爱……

【老付拆书】奥斯卡与玫瑰奶奶

"我们忘了生命是脆弱、易碎和短暂的，我们都假装永远不会死。"——玫瑰奶奶

继《马克的完美计划》《天蓝色的彼岸》之后，同类题材中老付最喜欢的一本。

很久以前读到一本书，里面写医院绝症儿童最喜欢的书是《夏洛的网》。他们一次又一次要求反复读夏洛死亡而小夏洛们出生的章节。

"重生的希望"，是的，真正的临终关怀绝不仅仅是止痛针，身体层面的痛苦可以依靠医疗，那精神层面的呢？

这本书中，玫瑰奶奶太睿智，她的脏话，她的故事，她的坚持，她的善意让每个人都为之动容。

奥斯卡是个幸运的人，最后的十二天，他把自己活成了百岁少年。

生命是一次出借，希望我们每个人都配得上它。

【老付拆书】小个子泽克

这本书适合幼儿园和小学低年段的孩子。

主人公泽克虽然个子小小的，却智力超群，勇气非凡，总能完美地化解生活中的难题。对于年龄小的孩子来说，非常容易在小泽克身上找到共鸣。通过小泽克的冒险，孩子们也经历着一次又一次的精神洗礼。

小泽克的人物形象非常像格林童话中勇敢的小裁

缝。以小胜大，以弱胜强，永远是孩子们最感兴趣的话题。他们会在小泽克身上找到无限的勇气。

里面每一个故事都能找到童话和民间故事的原型。经过作者的变式，人物更可爱了，三观也更正了。难怪会成为早教中心的教材。总体上来说，是一套不错的低幼读物。

【老付拆书】一百万只猫

不走的那个，就是你的了。

老爷爷老奶奶很幸福，也很孤单。老奶奶想要一只小小的、毛茸茸的可爱的小猫。老爷爷跋山涉水找到了一百万只猫，这个也漂亮，那个也可爱，犹豫不定，就只好都带回家了。

聪明的老奶奶让猫们自己决定谁留下来，所有的猫都认为自己是最漂亮的，结果一百万只猫大打出手。

当一切归于平静，老爷爷老奶奶推开门，只看见一只瘦瘦的毛乱蓬蓬的小猫。原来，它觉得自己很普通，所以其他猫争吵的时候，它什么都没说，也就没有卷进纷争中。

老爷爷老奶奶收养了这只小猫，精心照料下，它变得又可爱又漂亮。梅老爷子很看中最后一只小猫的"安静"。

老付很看中老爷爷对老奶奶的真心。为什么会引来一百万只猫？因为老爷爷也弄不准老奶奶究竟爱什么样的猫，那干脆就把全世界的猫都带到她面前吧！

老奶奶也不知道自己究竟爱什么样的猫？决定权就交给猫吧！

不用喊，也不用叫，不走的，就是那个对的。

【老付拆书】午夜园丁·美丽世界的孤儿

"这个世界有多残酷，就有多美丽。"

孤儿威廉的生命就像一场默剧，连活着都像遗憾。

午夜园丁把自己对这个世界的"看见"融入到工作中。他的作品，也开始被人们看见。

威廉对他的追寻，正是对生命意义的追寻。

那把象征"掌握"的剪刀，令人泪目。

我们都是这美丽世界的孤儿，握紧"剪刀"，牢牢把握自己的命运。

你会发现，所有的失去，都以另一种方式回来了……

【老付拆书】耗子大爷起晚了

一哥推荐，必是精品！

我和暖暖一起看的，速度不相上下，笑点一致。暖暖说，这里成长的不仅仅是耗子丫丫，还有老三。

1. 妈妈生了小妹妹，耗子丫丫被甩锅给大她20多岁的同父异母的三哥。馋，孤单，脏兮兮成为她生活的主旋律。

但她养耗子大爷，在颐和园遛见过世面的"放生龟"，陪邻居侄子老多探寻"五脊六兽"的秘密……

2. 读的时候总想起《城南旧事》，同样的北京老话儿，同样的怀念童年，同样的懵懂无知，但耗子丫丫身上那股子北京大妞儿特有的飒劲儿，让整个叙事基调哀而不伤，俏皮中有暖意。

3. 耗子丫丫嘴巴像刀子，厉害得很，心里却是软软的豆腐。她总和老三斗嘴，但一想到老三不顺当的姻缘，又觉得他可怜。

不知道丫丫知不知道，老三和女大夫分分合合就是因为她呀！看看女大夫对她的态度，就一目了然了。

那个最嫌她，最厌她的三哥，从未跟她抱怨过一个字。三哥的心才是真正的豆腐。

爱是恒久的忍耐。女大夫虽气，也没有放弃老三。丫丫回到父母身边那一年的中秋，他们结婚了。一生，儿女成群。

＊适合中年段的孩子自读。

【老付拆书】小红帽·女性的成人礼

1953年，蜜丝佛陀出了一款名为"小红帽"色的不褪色口红，并在广告词中写道："涂上小红帽口红，冒个甜蜜的危险，会让野狼现身。"

在童话领域里，典型男性成人礼的童话是《铁人约翰》，而女性成人礼童话便是《小红帽》了。

小红帽的红色帽款小披风太奇妙了，你既可以把它看成女性初潮的象征，也可以看成活力、生命力和攻击力。

母亲的态度颇耐人寻味，她对待小红帽就像对待很小的孩子，告诫她千万要走"大路"，决不能被花草吸引。

但那红色的帽子已经在暗示小红帽的成熟，所以她必须独自走进森林，走向"外婆"，也就是自己女性生命的终点。

大野狼的出现是必须的，只有杀死女孩，才能通过"野狼之腹"再生为一个成熟女人。

你可以把这个童话看成一个女孩通过一个男人的"一夜长大"。

同时从主观的层次来理解，你也可以把它看成如何与自身男性特质的和平相处。

对比男性成人礼的"心理弑父"，女性成人礼便是"心理弑母"，即摆脱母亲的操控，甚至是期待。

如何不再是妈宝女？

呼唤出自己内心的"大野狼"，吃掉"小红帽"，你才能顺利解救出"外婆"，走向成熟的女性终点。

【老付拆书】试金石

1. 通过周益民老师的书找到的书。

2. 微寓言，配上林焕彰的手撕画确实很耐看。

3. 属于中国式思维的格物致知。

4. 稗子那一篇让我想到了余秀华的《我爱你》

（稗子究竟是讲风度还是提心吊胆，仁者见仁智者见智了）

巴巴地活着，每天打水，煮饭，按时吃药

阳光好的时候就把自己放进去，像放一块陈皮

茶叶轮换着喝：菊花、茉莉、玫瑰、柠檬

这些美好的事物仿佛把我往春天的路上带

所以我一次次按住内心的雪

它们过于洁白过于接近春天

在干净的院子里读你的诗歌

这人间情事恍惚如突然飞过的麻雀儿

而光阴皎洁

我不适宜肝肠寸断

如果给你寄一本书，我不会寄给你诗歌

我要给你一本关于植物，关于庄稼的

告诉你稻子和稗子的区别

告诉你一棵稗子

提心吊胆的春天

【老付拆书】 时间零·马克的完美计划

卡尔维诺在《寒冬夜行人》中的《你和我》里，阐述了"时间零"的概念。

时间零作为一种独特的观念和小说艺术模式，使现在、过去和未来有了新的定义方法。

现在便是"时间零"，它是一个转折点，一个爆发点。回忆是负数，未来是正数。

这种艺术模式，给了小说一种新的时间意义。

没有时间零的"定位"，不仅会使读者对小说情节把握变得困难重重，更会削弱时间的厚度，让读者陷入虚无和荒谬之中。

《马克的完美计划》开头就写道："山在呼唤。我必须走，必须。而且一个人走。"

作者把意义最丰富、矛盾最集中的马克出走的"时间零"放在开头，将读者一下子带到"现在"这个时间相度。

这个"现在"是一切矛盾的爆发点，故事中的每个人物都构成了矛盾的一部分，分散在小说的各处。

回忆、现在、将来就像一幅被打乱的拼图，需要不断寻找、整理，拼接出"现在"的图景。

在这个过程中，对读者提出的阅读挑战，即统整的能力，才是我们最需要在整本书阅读课中教的东西。

【老付拆书】小蓝和小黄

人与人之间的亲密关系，最重要的就是"交融"和"独立"。

当我们全身心地投入一段关系时，就会被对方影响，同时也影响着对方。

那个新产生出来的"绿"，可以是孩子，可以是共同的爱好，甚至可以是一道以前从来不敢尝试的菜。

那是最美好的部分，因为你透过另外一个人，看到了不一样的世界，不一样的自己。

所以你恨不得把一整个生命都跟对方融在一起。这个时候灾祸就来了。

李欧最后一部分的处理，极其精彩。

当小蓝和小黄都变成绿色，连父母都不认识它们的时候。生命的考验正式开始。

小蓝和小黄哭啊，哭啊，最后，泪水让它们重新找回了自己。

成长就是要落泪啊。痛了，你才会明白，无论多亲密的关系，你都要保有你自己，也要允许对方保有自己。

感情既要亲密，又要独立，这真是个难题。

【老付拆书】一只会开枪的狮子

心在喊，你却假装听不见。

1. 一只狮子因为学会了开枪，被马戏团老板带到人类世界，成了大明星。

2. 他穿考究的西服，和最漂亮的小姐跳舞，潜水，打高尔夫球，写自传出书……

3. 直到去打猎，面对"旧相识"，他才开始思考自己究竟是谁。

4. 不过是想要一颗果汁软糖，怎么就赔进了一整个人生？

马戏团老板叫小狮子拉夫卡迪奥大王的时候，我心猛地一沉。

名字作为"礼物"的终极奥义，不在于正面意义的馈赠，而是一种苦难的展开。

名字的获赠者伴随着身份的取得，必然要经历对自己"名"的依恋、忠诚和觉悟。

"名副其实"是人生最大的幸，"名不副实"则是人生最大的痛。

心在喊，你却假装听不见。

你终于成了"名字"的傀儡。

【老付拆书】动物家庭

有关美人鱼，最幸福的故事。

1. 猎人和美人鱼相爱了，他们学会了彼此的语言（沟通）。他们养了一只熊，一只猞猁和一个失去母亲的小男孩。

2. 诗人一般的语言，动物学家一般的目光，心理学家一般的敏锐。

3. 孤独，理解，沟通，成长，亲密关系……

4. 可能桑达克不愿破坏人们心中猎人，美人鱼的形象吧，所以他只画了他们生活的环境。

读过小川未明的红蜡烛与美人鱼，读过安徒生的《海的女儿》，总觉得少点什么。

是的，这世界，欠美人鱼一个幸福的可能。

谢天谢地，还好有这本《动物家庭》。

【老付拆书】地下121天

史雷克不太确定自己到底要去哪里，但他知道，大致的方向是——向上。

1. 一个孤儿在地铁中的121天冒险。

2. 饥饿，恐惧，梦境，伤痕，逃跑，流浪……

3. 文字非常吸引人，就像看一场电影。第三人称的清冷叙述下，是惊心动魄的生死冒险。活下去，是的，活下去。

它让我想起《肖申克的救赎》，圣人普度他人，强者救赎自己。（此书适合中高年级）

【老付拆书】读书毁了我

有些书具有炸药一样的化学构造。唯一不同的是一块炸药只爆炸一次，而一本书则爆炸上千次。

1. 王强是新东方联合创始人，也是名副其实的读书人。这本书就是读书人聊书的书。

2. 作者文笔了得，本书兼具文学性和思辨性。

3. 很遗憾，书里聊到的很多书都是英文版本，并没有中文版。同时也很庆幸，有这样中英皆强的读书人帮忙打开我们的眼界。

读书毁了我，毁了昨天那个旧的我，重塑了今天新的我，还有未来的那个我。

【老付拆书】堂吉诃德

命运女神这狠毒婆娘就这样作弄他到死，他指的是堂吉诃德，是塞万提斯，亦是那些不肯向命运屈服的人。

1. 他是世界上最著名的骑士，最可笑的骑士，最卑微的骑士，最尊贵的骑士。

2. 塞万提斯的那支笔比塞万提斯还来得伟大，笔锋所及远在作者意料之外。

3. 当堂吉诃德只顾往前冲，嘴里嚷道："你们这伙没胆量的下流东西！不要跑！前来跟你们厮杀的只是个单枪匹马的骑士！"那一刻，全世界为之寂静。

究竟谁才是疯子？桑丘眼里的风车，亦是世人眼里的风车。我们太冷静，太清醒，好像一切了如指掌，其实早已深陷幻境。

杨绛的译者序和钱锺书翻译的海涅引言已经值回书价。纵使粗暴的命运恃强凌弱，尊贵的骑士却永不会放下武器。

【老付拆书】出窍

有时候，读者和作者也是生死之交。

1. 这是周锐瘫痪时，用左手写下的短篇童话集。那时是2002年，离安徒生奖还有14年。刘绪源的《文心雕虎》里，对周锐的文字是盛赞。

2. 我随着文字，帮他剃了光头，陪他做手术，看着他灵魂出窍，也看着他摔倒在空无一人的屋子里……

3. 他总是逗我笑，当一个极有才华的男人看穿生死，他所展现出来的幽默感和魅力同样穿透了我。

刘绪源说，这本书是没办法读太快的，一次只能读个四五篇，因为太重了。

是呢，读一本好书就像读一个你爱的人，书页是轻的，文字是重的，日子是轻的，感情是重的。

在轻飘飘和沉甸甸里，书读完了。

【老付拆书】一个陌生女人的来信

爱你的虎口，终未能脱险。

1. 著名小说家R随意拆开一封厚厚的信，"你，与我素昧平生的你！"信的上头写了这句话作为称呼，作为标题。只这一句，我就知道茨威格赢了。在这场作者和读者的战争中，我输得干脆彻底，毫无悬念。

2. 没有宏大的历史背景，没有众多的人物，没有绚丽的环境描写，没有错综复杂的情节，只有汹涌的内心世界，却足以把我的心一次一次揉碎，复原，再次揉碎。

3. 我时刻为了你，时刻处于紧张和激动之中，可是你对此却毫无感觉，就像你对口袋里装着的绷得紧紧的怀表的发条没有一丝感觉一样。怀表的发条耐心地在暗中数着你的钟点，量着你的时间，用听不见的心跳伴着你的行踪，而在它嘀嗒嘀嗒的几百万秒之中，你只有一次向它匆匆瞥了一眼。

爱是世上最大的难题，我随着茨威格的笔，跟着那个女人，完成了生命的献祭。

【老付拆书】永远的守护者

它们作为牧羊犬，并不牧羊，我，就是它们的羊。

1. 一个女孩与一头猛犬的动人故事。

2. 沉砂写了很美的导读给这本书，爱，是穿越整个世界的呼唤。

3. 黑鹤是我们一直在等待的，属于中国的，儿童的，动物小说家。他的书越来越好看，克制的表达下，有着属于中国男人的，波涛汹涌的深情。

（五年级吧，放四年级，我心里有点舍不得。就

像太早遇到对的人，反而伤人）

【老付拆书】没有画的画册

月亮每晚来到安徒生窗前，为他那敏感的灵魂描绘人生百态的图画。

1. 由33个短篇（33个夜）组成的故事集，是一本写给成年人的人生童话。

2. 本书刚出版，就在德国获得空前的成功，被广泛地流传，甚至超过了安徒生的所有童话作品。

3. 想象力丰富的人完全可以用这里的素材创作出长篇小说。

4. 新疆青少年出版社这本有插图。上海社科院出版社这本有安徒生画选和谈谈安徒生。建议买上海社科院出版社的。

安徒生画的爱神阿摩尔，每一颗心旁边都有一个名字，除了最左边的一颗心，旁边写着安徒生。是安徒生早已预言好自己的命运，还是命运故意让他一语成谶？

【老付拆书】故事可以这样写

卡夫卡说："我们应该只读那些会咬人和蜇人的书。"

1. 盖儿是纽伯瑞奖的作家，还是儿童写作班的教师。这样双重的身份，让她的书看起来特别接小学老师的地气儿。

2. 本书把如何写虚构类文本的方法从头讲到了

尾。有不少方法确实非常适合小学生。例如"讲究细节"和"生动的细节"两章，其实就是解决儿童写作不具体的好方法。作者给了很多有趣的练习题，也是这本书的一大特色。

3. 阅读，写作，drama有很多地方是相通的。drama里真实丰富的情感体验不仅可以帮助儿童深耕阅读，还可以帮助儿童进行高质量的写作。

盖儿九年前去世，看到她简历里写着：一生从事写作。真的感慨万千。人生有限，去做你真正热爱的事吧！

【老付拆书】游戏是孩子的功课

迎接一年级学生的老师，已经不是一脸惊讶，也不再好奇眼前的小小生命究竟"是谁？"，而是早已准备好"我要怎样修理你？"

1. 这本书里的游戏指的是"幻想游戏"，就是我常常提到的drama。为什么人类越来越没有想象力？因为我们的孩子已经被功课压榨得再也没有时间进行"幻想游戏"了。人类之所以成为人类，最重要的"工具"，已经被我们的无知彻底毁掉了。

2. 里面大量的幼儿观察记录很真实，也很动人，特别是"来自英国的一封信"这章，五岁儿童的drama带来的震动，透过文字也撼到了我。

3. 除了对"假装"这个词的不认同，其他观点我都认同。drama不是假装，而是介于现实和想象之间的真实情感体验。

比较遗憾，薇薇安不是艺术家，对于"幻想游戏"的组织，引导，还有进出场，衔接等技术类问题只字未提。只有概念远远不够，教师需要更实际的操作方法。

【老付拆书】有呀有呀书店

1. 这是一家有各种稀奇古怪书的书店。老板也是一个爱书如命的人，他给顾客介绍的书让你大开眼界。

2. 书店婚礼真的把我感动了。在书店遇到自己的灵魂伴侣，真是世界上最浪漫的事。书店中的婚礼笑中带泪，每个细节都非常非常有趣。

3. 墓碑中的书架也表达了爱书人"死了都要爱"的决心。

这本书是在周益民老师公众号的书单里发现的，感谢一哥。

【老付拆书】好运先生倒霉先生

五祖弘仁说："制心于一处，无事不办！"

1. 这是一本正反书，同样的境遇，不同的选择，让他们拥有了截然不同的人生。偶然得到彩票的倒霉先生虽然过得富足，拎着两只狗的样子和他当初匆匆离开家的时候没什么两样。好运先生精打细算的样子和当初准备去旅行的时候也完全相同。后面会怎么样，你我大概都心知肚明。

2. 这本书里的细节极其多，老付每次看都会有新的发现，不仅对孩子，对成人同样启发颇多，所以这是一本很值得收藏的书。

3. 正反书还是有不少的，比如《小心兔子来捣乱》《熊梦蝶蝶梦熊》。

这本书是朋友圈里的一位朋友分享的，不记得是谁了，谢谢你。

【老付拆书】荒原狼

荒原狼的故事写的虽然是疾病和危机，但是它描写的并不是毁灭，不是通向死亡的危机，恰恰相反，它描写的是治疗。

1. 没有复杂的情节，没有错综的人物，在哈勒尔的自述中，一寸一寸解剖了自己的灵魂。

2. 超现实主义风格，印象，回忆，梦境，幻觉，意识流的典型手法。

3. 激动不已，热泪盈眶，压抑痛苦，心底发寒……

人是一种尝试和过渡，他不过是自然和精神之间那座狭窄而危险的桥。最内在的使命推动他往精神，往神那去——最内在的渴求却将他拉回到自然，拉回到母源：他的生活便在这两种之间摇摆，怀着畏惧，瑟瑟发抖。

——赫尔曼·黑塞荒原狼

【老付拆书】诗人

构成宇宙的是故事，而非原子。

1. 凌晨四点，一辆私家车撞到了一位喝醉的老妇人。目击者是一位诗人，他用一首诗作为回答。其中暗含了破案线索。

2. 绘画与文字都展现出大师的手笔，是想象力与现实的完美结合。

3. 诗里包含了一个车牌号，"天鹅颈、胸、鼓、钹"你能猜到车牌号是多少吗？

我所经历的时间和万物，真正能够算作美好的不多，所以才会对你，对诗如此珍而重之。

【老付拆书】鸭子与猫头鹰

大师级的作家和国宝级的插画家必然擦出最耀眼的火花。它先征服了静静，又征服了老付。适合作一二年级课程书。推荐！

1. 鸭子和猫头鹰各种花式吵架，耷毛儿的猫头鹰和肥肥的鸭子萌得一脸血。

2. 在你来我往的斗嘴中，孩子们也开始一点点了解猫头鹰和鸭子的不同。

3. 白天不懂夜的黑，唯一不再吵架的方法，就是把架吵完。

一切不以分手为目的的吵架，都是秀恩爱。是呢，好甜。

【老付拆书】轻轻公主

我不是为儿童而写，而是为童心而写，不论这童心是出于五岁、五十岁还是七十五岁。——乔治·麦克唐纳

1. 国王和王后的吵架非常有趣。讲的是一个失去

重力的轻飘飘公主最终获得真爱，获得脚踏实地能力的故事。

2. 老童话的套路，语言很美，细节加分，桑达克的插画加分。

3. 王子牺牲自己，用血肉之躯堵住漏水口的部分非常感人。可以用童话学原型理论来细拆。

爱是一场远方独自的焚烧，是用灰烬重塑的自我，是疼到毁灭之时的一声喊叫，是喊叫之后永恒的沉寂。

【老付拆书】汴京的一天

汴京郊外的早晨冷清而宁静，一支运货的骡队走过田野上的小路。赶路的人、骑马的人、坐轿的人，慢慢汇聚到汴河两岸。汴京的一天开始了……

1. 用绘本的形式带孩子走进《清明上河图》。

2. 大开本，很震撼。清晰度还是差了点，不过可以理解。

3. 无限的发现空间，是写作，讲故事，读图的好文本。

还有一本叫《洛水寻仙》，也可以了解一下。

【老付拆书】兔子坡

有好时光，也有坏时光，重要的是要永远心怀希望。

1. 故事很简单。食物匮乏的兔子坡居民，在等待"新邻居"，和"新邻居"不断试探和接触中，渐渐培养出感情和默契。

2. 典型"对话体"。每一个角色都是话痨，在对话中推进情节，人物形象也渐渐丰满。

3. 猜测，试探，敌意，感激，误解，和解……我们都渴望幸福，也害怕幸福。

威利和鼹鼠的故事特别动人，一个盲，一个弱，"我是你的眼睛"是他们之间最朴实、最温暖的话。鼹鼠调侃威利总是把它当苦力，威利眼泪掉下来的时候，当威利被"新邻居"带走不知死活，鼹鼠发疯似的把整块田地都破坏掉的时候，在平静的描述下，情感犹如惊涛骇浪朝你席卷而来。

【老付拆书】奇幻精品店

爱丽丝说，没有插图或对话的书，有什么用？

1. 曾漫游仙境的爱丽丝小姐要过生日了，一个走南闯北的杂货商人，为她准备了各种各样的礼物。

2. 匹诺曹的鼻尖，拇指姑娘的核桃摇篮，小王子的玫瑰花瓣，美人鱼的一缕头发，白雪公主的口红和粉饼，扎伤睡美人的木纺锤，蜗牛皇宫的残片，猎捕野钢琴的盐瓶……

3. 诗一样的语言，插图梦幻有趣。结局温暖有力。世界上最深刻的爱，是我对你全然理解并永远敞开胸怀。

献给孩子，献给爱人，献给不死的想象力。

【老付拆书】爱德华的奇妙之旅

太晚了，我只不过是一只空心的兔子。

1. 由一个充满隐喻的故事开始。美丽的公主说不出爱人的名字，因为她从未爱过。最终她变成丑陋的疣猪被宰了。这个故事是打开这本书的钥匙，要读懂其中的隐喻。

2. 爱德华是只体面的瓷兔子，他被羞辱，被剥光，被丢弃，被打碎，被命运无情地玩弄。曾经让他荣耀的东西——被夺走，生命这时才展现出真实的面貌。

3. 重读这本书是因为蓓蓓。昨天看了她和孩子们聊《唐风·葛生》的实录，真的是太惊艳了。她总是能从生命巨大的悲剧中发现无限的光与喜悦。

佩勒格里娜是这个故事中的"启蒙者"，她以不同的面貌出现，她是阿比林的祖母，也是活了一百年的老娃娃。

她问爱德华为什么不从架子上跳下去把自己摔个粉身碎骨？蓓蓓在《唐风·葛生》里问了同样的问题，痛失所爱的妻在坟前哭个什么劲，为什么不随着去了？

蓓蓓说，死亡很强大，可以将相爱的人隔绝。但是爱比死更坚强，幽暗中的光亮，可以让不想活的人好好活下去。

一定会有人来带你走的，可是你必须先打开自己的心门。

至于他究竟是谁？心会给你答案。给爱一点时间，它正在路上。

【老付拆书】小黄帽和大灰狼

感恩天灾，让我们避免了人祸。

1. 小黄帽在森林中遇见了小个子大巨人和大个子小精灵，当然，还有永远的敌人大灰狼。

汤米·温格尔在这个经典故事框架中，加入了不同世界中的各种人物。他让我们跟随小黄帽的脚步，走进他们各自的世界，去了解大巨人和小精灵的世界同样美好，温暖。

造成人与人之间的仇视的，不就是彼此不了解么？

森林代表人的无意识世界，因为小黄帽摩托车坏掉了，她才有机会去了解每个世界的不同，她是这个故事中的"英雄"，是她打破了那个叫作"界线"的东西。

在一场火山爆发之后，这些不同的人齐心协力救出了小黄帽的弟弟，他们后来还生活在了一起。

每一年他们都会去给火山进贡，感谢它使大家走到了一起。

2. 小黄帽救了受伤的大灰狼，即使象征死亡的乌鸦在死死地盯着，小黄帽依旧义无反顾地救着"大灰狼"这个异类。因为她懂得，大灰狼也是这个世界的一部分。

3. 外婆屋子里的照片，奇怪的独角兽，武器与佛像，受伤的狼和外婆躺在同一张床上……

这些都在向我们暗示战争的根源是我们的排他

性，这个世界本就是多元的，排除异己是人类最大的灾祸根源。

4. 弟弟在废墟夹空中，手电筒的光照射着来找他的人。弟弟的隐喻是孩子。当所有人放下心中成见，我们才能"救"出孩子，而孩子微笑的脸在告诉我们，这世界是一个整体，精灵，巨人，狼，人类都是属于这个世界的。

5. 最后一张祭祀的图片非常感人。一场天灾，让所有"不同"的人走到了一起。感恩"天灾"，让我们避免了"人祸"。

* 汤米·温格尔对这个世界的不妥协和对规则的打破，让很多人只看到了他的桀骜不驯。战争留给他的"伤痕"在很多书里都能看见，但多次出现的那尊佛像一直在提醒我们，他凝望这个世界的温暖与慈悲。

【老付拆书】一朵蓝色的云

那一抹生命的"蓝"

1. 小蓝云不想做驯服的"羊"，亦不畏大朵云的打击，他微笑着，飘来荡去。自由自在的生活状态"感染"了不少人。

2. 他一直在寻找，寻找那件属于自己生命意义的"重大事件"。直到他发现一个因为"彼此不一样"而燃烧熊熊大火的村庄。他不再微笑了，他选择祭献自己"生命的蓝"。

变成一样颜色的人们放弃了互相残杀，世界在"蓝"里变得温暖祥和。

3. 白人，黑人，黄人，红人，不同肤色的男人围着圈砍杀，每个人想的都是干掉"不同"。很戏剧性的是作者让他们穿着同样的衣服。在本质上是，这个世界从来都是一体的，人与人之间，何曾有过任何不同？

死在不同地方的男人暗示我们，这场争斗，从未有过赢家。

图画一角不同肤色的女人和孩子，她们的惊恐和痛苦，不是汤米·温格尔对孩子们的"惊吓"，而是让孩子们看到生命的真相。这是汤米·温格尔对那个叫作"未来世界"的关照与慈悲。

汤米·温格尔就是这朵小蓝云，他祭献了自己所有的才华，用画笔和故事与这个糟糕的世界拧巴着"干"。

大师从未走远，温暖一直都在。

【老付拆书】我是白痴

透过彭铁男的眼睛重新看这个世界

1. 一个智力发展迟缓的男孩所感受到的人间冷暖。

2. 用第一人称叙事和反讽的手法，让整本书呈现出一种极其强烈的弱势群体"精神美学"。

3. 铁男是一块"试金石"，他让我们看到了人性的复杂性。

里面的人物并不是单纯的恶与善，让人恨得牙痒痒的丁同，只是个被他妈妈惯坏的"熊孩子"，他有他的可恨与可怜。

他为了得到"爱心第一名"不断地捐钱，还惺惺作态说一想到这个世界还有人没饭吃，他连牛排都吃不下了。

可是，在他身边的铁男，饭盒被他弄翻，没饭吃，他却觉得铁男太像猪，本来就不应该吃猪脚。

最后他还因为捐款最多得了"爱心第一名"。这真是讽刺啊，作者透过铁男的眼睛，狠狠地抽着这个世界耳光。

《我是白痴》这本书我反反复复读了十多遍，越读滋味越足，就像广东老火靓汤，看似清澈见底，喝一口是铺天盖地的浓郁滋味。

群书阅读我反复比较，还是放弃了黄蓓佳的《你是我的宝贝》选了《跑马场》。《我是跑马场老板》和《我是白痴》的差异性更大，可对比的点也更多。

2020短书评

【老付拆书】查拉图斯特拉如是说　尼采

人类拥有四件东西，

都来自大海的绝情：

舵、锚、桨，

还有落水时的惊慌。

——安东尼奥·马卡多

断断续续研究人类无意识原型以及言语的象征意义很多年了。

翻开尼采的这本书才发现，这不是我认知中的哲学书，更像是一百多年前的"新神话"。

从《坛经》里五祖的担忧到《查拉图斯特拉如是说》里圣徒的劝阻，再到《西游记》里菩提老祖把孙悟空赶走……

他们究竟在怕什么？

【老付拆书】诗经　顾随讲

如何阅读那些有门槛的书？

那些一下子读不懂的书，都可以称作有门槛的书。

当然，每个人的门槛各不相同，门槛的高低也因人而异。

尼采的《查拉图斯特拉如是说》是老付觉得有门槛的书。

1. 翻译门槛。

2. 作者表达上的门槛。

3. 宗教门槛。

4. 历史背景上的门槛。

书读完了，四道门槛现在还没爬过去。

门槛书成功翻过去的例子也有，比如这本顾随讲的《诗经》。

因为研究了多个经典版本的《论语》，看了多本《论语》相关的书，又读了《诗经》和几本《诗经》相关的书，读了《金刚经》《心经》《坛经》……

现在看顾随讲的《诗经》就相当顺畅了。

其实阅读有门槛的书，可以采用迂回打法。读一些稍微低阶易懂的周边书，这样读起来就没那么痛苦了。

奈何老付读书就属于正面刚类型的，虽苦，却也有另一番乐趣。

【老付拆书】神话意象 · 魔幻世界

以前老付就讲过，奇幻儿童文学最大的意义，是让儿童在奇幻世界里冒险，从而获得智慧与勇气，重新面对现实生活中的难题。

为什么一定要进入魔幻世界呢？

因为魔幻世界才能摆脱现实世界的"灰"！

或者说，魔幻世界里的一切更接近于"原始思维"。

勇气，智慧和爱，这些被现实理性思维所摒弃的珍贵力量，只有进入魔幻世界，才会被重新重视起来。

而这些力量，恰恰是帮我们抵挡现实利益化，庸俗化的武器。

为什么要带孩子去读奇幻儿童文学？

因为我们需要"返璞归真"！

【老付拆书】菊田真理子·那片天空

希望你能明白，经历的意义在于引导你，而非定义你。

今天重看了真理子的《简单爱》系列。

好像依旧没有办法去定义这套书。

幼儿园的小娃娃读得欢天喜地，五十岁的中年男人读得一声叹息，病入膏肓的耄耋老人读得双目垂泪。

这类触动人心的小童话皆是具有"神话特性的"，就像西西弗斯，就像夸父逐日。

一只破壳而出的小鸡，它最大的梦想是飞往天空，飞得又高又棒又自由。

可是，小鸡是不会飞的，你为什么要有想飞的梦想呢？选下多多的蛋好不好？

现实和梦想的冲突狠狠地撞击着每个人的心。

如果努力也没有用，你要不要放弃那片"天空"？

这只小鸡比丑小鸭还要惨。

丑小鸭要在不断自证中获得灵魂的自由。

这只小鸡是要在"超越"中获得灵魂自由。

想到了《其实我是一条鱼》。一片叶子如何变成一条鱼？

"我执"可以引领你上路，放下"我执"才能获得灵魂的自由。

【老付拆书】简·约伦——渴望爱的女孩

鸱鸮又称猫头鹰，其意象有智慧、死亡和重生。月亮同样有重生、思念的意象。

《月下看猫头鹰》里的父女之行，更像是一次心灵成长仪式。

作者无论是在《月下看猫头鹰》还是《公主的风筝》里，都强烈地表达了对父爱的渴求。

在寻找猫头鹰的过程中，小女孩不停地告诉自己：一定要安静，一定要坚强，一定要勇敢。

母亲角色的缺失，让书里的小女孩敏感，懂事，倔强，令人心疼。

幸运的人一生都在被童年治愈，不幸的人一生都在治愈童年……

【老付拆书】比利的书

珍惜你的特别，因为那是你最棒的部分。

1. 比利被称为史上最难管的学生，虽然校长和老师都愿意鼓励他的创造，但很多时候，他的创意更像是毫无理由的捣乱行为。

2. 事情的转折是一次图书创作大赛，比利信心满满，什么陨石，神话，太空旅行，有黏液的书，通通借来。他只在意自己的想法，不肯去看评审内容。整洁，拼写，单词量，标点使用……哦，比利这个可怜的家伙。

3. 他不是第一名，不是第二名，不是第三名，他没有得到鼓励奖，没有得到老师的评语，甚至没有被校长叫去谈话。这次打击，让比利变得"正常"了。

4. 图书管理员把参赛作品放在书架上，他的书最受欢迎。在图书创作大赛反馈单中，我们看到了一个好的教育者对待"特别儿童"最善意的态度。（想象力20分）

5. 书中书的形式让故事有了套叠的趣味。

6. 第三人称的叙述，让我们与比利拉开了一点距离。更利于我们观察他的顽皮，他的聪慧，他的骄傲，他的困顿，他的成长。

用大把时间迷茫，用几个瞬间成长。

（比利是个幸运的人，父母、老师、图书管理员、同学、朋友都知道：他有点奇怪，因为他是罕见的天鹅）

【老付拆书】原则

我一直在寻找能给孩子看的，有关人生境界提升的书，达利欧这本《原则》还真是没有让我失望。

这种有关临界知识点的书，我经常会在和商业有关的书籍中发现，它们大多是纯文字的形式。

这本《原则》以绘本的形式出现，还真是令我蛮惊喜的。

多图的样式，使得年龄偏小，但又有人生困惑的孩子得以流畅阅读。

达利欧本身也是个传奇人物，他曾通过自己的努力获得过巨大的成功。但因为判断失误，不仅让他彻底破产，还损失了名誉。

跌落灰烬又重新寻得"宝石"的经历，可以让很多处于人生低谷的读者获得勇气和力量。

再次回到人生巅峰的他，对于自我意识的干扰，走出人生盲点的方法有着非常切实的建议。

我很欣赏他的一句话：我们所追求的东西只是鱼饵，而非鱼。

是的，我们常常误解人生，认为更多的票子，更好的车子，更大的房子是我们的终极目标。

其实，真正的意义应该是我们在追求这些东西的过程中，个人的成长以及与重要他人的关系。

那个，才是最珍贵的"宝石"。

【老付拆书】那个与睡魔怪一起长大的男孩

从"32个屁打败睡魔怪"到"32个睡魔怪打败妈妈"，老付和孩子们在笑声中共同爱上了这个地道的中国男孩。

看看环衬上的拼音田字格，那种又熟悉又尴尬又滑稽的戏谑之感，真是绝了。

孩子们需要这样的人物，他们的头脑中不能只有金发碧眼的公主，长腿佩剑的王子。

他们需要一个和他们很像，有点缺点，有点小怂，又有点勇敢的"偶像"。

这个不完美的"偶像"也会害怕，也讨厌没完没了的作业，也会暗戳戳地"起义"……

他的一切遭遇，让孩子们觉得自己是被了解的，理解的。是的，这世界并不孤单。

睡魔怪是这个男孩的潜意识部分，他在不断地与睡魔怪的抗争中，和解中成长起来。

故事最棒的地方在于它用潜意识的方式带领儿童成长。

孩子们在笑声中，跟着主人公一起长大了。

【老付拆书】半小时漫画宋词

谁说通识教育必须良药苦口。这本书绝对是老少咸宜，童叟无欺，居家必备的顶级糖衣炮弹。

这本书顺着大的历史脉络把词的发展过程介绍得清清楚楚。

一首一首我们熟悉的词，不再是孤立的。它们被放在了历史的网里，开始有了属于自己的根。

搞笑的漫画和风趣幽默的流行词汇，让枯燥的历史知识读起来又好笑，又好理解。

好看的皮囊千篇一律。有趣的灵魂万里挑一。

用耍流氓的态度干着最正经的事儿。

我想这正是半小时漫画团队最吸引人的地方。

【老付拆书】不老泉·蟾蜍

蟾蜍一直有长生不老，起死回生的寓意。这和蟾蜍冬眠有关系。

可是《不老泉》明明讲的是八月的事情，还没到蟾蜍冬眠的时候。那这只反复出镜的"蟾蜍"为什么永远是一副满不在乎的样子呢？

炎热的天气，它不会被晒死。恶狗来袭，它也稳如泰山。

这究竟是为什么呢？

有一种可能，就是它早已喝过不老泉，所以它无法死去，但它却一心求死。

温妮把不老泉倒在它的背上，让读者明明白白知道它再也不会受到伤害。

温妮还很高兴地对它说："你安全了，永远安全了。"

同情心泛滥的读者一定会觉得不老泉是个好东西啊，你看，温妮不是救了这只蟾蜍吗？

可是，在温妮死的前一年，不老泉被推土机推平了。我们实在是免不了怀疑，不老泉的毁掉也是温妮的"杰作"。

在书的最后，蟾蜍顶着卡车带起的疾风，双目紧闭，一动不动。是的，它想死，却永远都死不了。

塔克救下了它，还嘲笑它认为自己能长生不死。殊不知，塔克一家和蟾蜍一样，都被诅咒了。

不死不等同于永生。如果不死能让人快乐，当初孙悟空删了生死簿就应该满足。

温妮是智者。

墓碑上的"爱妻""慈母"和"永远怀念"让我们了解：真正的死亡是被遗忘。

温妮肉体死了，却获得了灵魂的永生。

【老付拆书】水孩子·埃莉的话

查尔斯的文字太过细腻，大段环境的描写，让故事的走势显得有些无力。

小孩子看起来估计会累。

但汤姆这个角色的设计真是太讨巧了，你的心会随着汤姆的命运起伏。

虽然文字烦冗，还有大段作者啰里啰唆的画外音。

但你依旧会被吸引着继续往下看。

我喜欢埃莉的话：它那么美，一定是真的。

无限相信美好，这是多么珍贵的品质。

这个世界从什么时候开始糟糕的？

可能，就是当我们不再相信美好的那一刻吧。

【老付拆书】珍妮的肖像

我们以为生活只有一条路，一个方向，那就是往前走。其实我们既无知，又无觉。

1. 这本书夹在一排儿童文学作品中间，我理所当然把它当作了儿童文学。

"有一种饥饿，甚至连食物都不能缓解……"第一段读完，我就知道它不是为孩子写的。可是，我已经停不下来了。

2. 这本书文字有种特殊的力量，就像沼泽，你越是挣扎，陷得越深越快。

两条时间线的交织跳跃，重合撕裂，珍妮背后巨大的秘密，还有对故事悲剧的不断暗示，让人晕眩窒息，又无法逃脱。

3. 它让我想到了《不能说的秘密》，想到了《你的名字》。

女主们奋不顾身地奔向，穿透了时间与空间。

她们的爱就像冲向暗夜的光，明知道永无落脚之地，却依然坚定笔直。

如同《蒙娜丽莎的微笑》《戴珍珠耳环的少女》一样，博物馆里珍妮的肖像之所以动人心魄，是因为画里囚禁着一个女人的灵魂。

4. 一次散步，一首不成调的歌，一个许愿游戏，一场溜冰，一次系鞋带，一杯热可可，一次打扫，一次哭泣，一次午饭，一次郊游，一次驱逐，一次海难……

在一切神迹里，爱才是最大的神迹。

【老付拆书】乌龟耶尔特及其他故事

乌龟国王认为目之所及便是自己可以统治的范围。

一根毛儿的鸟，认为拥有最多的羽毛便是最美的女王。

熊和兔子一个认为自己闻得最远，一个认为自己听得最远，两个人大吵不止。

苏斯博士的故事有庄子的味道。

如何做到绝对的自由？

只有忘却物我的界限，达到无己、无功、无名的境界。

无所依凭而游于无穷，才是真正的"逍遥游"。

真正的速度是看不见的，

就像风起云涌、日落月升，

就像你不知道树叶什么时候变黄，

婴儿什么时候长出第一颗牙来，

就像你不知道什么时候会爱上一个人。（无极）

【老付拆书】有趣得让人睡不着的数学

数学与人同在。

你知道那皮尔的对数救了无数人的生命么？

你知道让你厌恶的数学，与人类的生存息息相关么？

你知道数学的研究，除了追求真理，还包含着数学家的激情与爱意么？

这样的书才是对的。

那些为了骗家长，用狗屁不通的故事包裹最简单的数学知识的畅销书，都是造孽。

【老付拆书】癞蛤蟆的本我

我们太爱癞蛤蟆了

他的孩子气，幻想和纯真勾勒出一个乌托邦式的乐园。

名声，利益甚至自由都不能让他放弃"本我"。

那些冲动，欲望和不管不顾恰恰是他最旺盛的生命力。

儿童文学家有意无意都会期待儿童认同主人公，并随着主人公的经历学习改变。

最后的结局：他终于学会了成人的把戏，淡然笑笑，咕哝一声"没什么"。

那一刻，他从完美的乌托邦跌落人间。

《汤姆索亚历险记》同样如此。

【老付拆书】胡萝卜的种子

在儿童文学作品中，一直有一对不可调和的矛盾，那就是儿童愿望与成人的知识。

在很多的儿童文学作品中，都把儿童定位在天真，幼稚，缺乏知识和观察力不足上。

他们要在事实面前获得一点教训，从而达到成人"教育"的目的。

《胡萝卜的种子》反其道而行之，沉默的小男孩，用更有力的"事实"反击了成人的知识傲慢。

同时，作者也在颠覆我们对童年的一般认知。

童年根本不是简单、安全、快乐的。它充满了令人不安的，危险的不确定性。

那你，还相信你的种子吗？

【老付拆书】白雪公主和77个小矮人

对于经典的改编，除了致敬，还有其时代意义。

"漂亮的小姑娘，要不要来一个好吃的毒苹果呀？"（巫婆）

白雪公主大声喊道："给我来两个！"

并告诫前来救赎的王子："请不要叫醒我，谢谢！"

太飒了，有没有？

女性拥有选择的权利

生命那么宝贵

别人的观念关你什么事？

你要为自己而活

【老付拆书】尼尔森老师不见了&回来了

天使老师和巫婆老师的距离有多远？

可能就是一件衣服，一个念头的距离吧。

尼尔森老师声音甜甜的，孩子们爱她，但丝毫不买她的账，一个个坏到天际。

斯旺普老师就是个十足的巫婆，孩子们不喜欢她，但乖乖听她的话，功课也做得好。

怎么办呢？

哈，好老师就是应该既是天使，又是巫婆啊！

建议那些低年级管不住孩子的老师，跟孩子们一起读。

再一起玩玩变成斯旺普老师的游戏。

祝你既能随时变身巫婆，又时刻能回归天使！

（《尼尔森老师回来了》也蛮有趣）

【老付拆书】白兔夫人

这本绘本被称作《爱丽丝漫游仙境》的怀表兔番外篇。

那只穿着套装，总是看着怀表，担心自己迟到的兔子，他的家庭生活又是怎么样的呢？

作者用丰富的图画，幽默的语言，从兔太太的日记开始，吐槽了一位总是心不在焉，又有点儿小可爱的兔先生。

你想把它当作课程书，我觉得大可不必。

如果你想用它做《爱丽丝漫游仙境》绘本续写的样本，我倒觉得是个不错的选择。

一个总是担心错过时间，活在自己世界的兔先生，又怎么可能在家庭生活中，细心体贴呢？

让孩子也来编编看吧，在其他方面，他也必然是漏洞百出，让人气不打一处来的。

【老付拆书】城南旧事·怀旧

作者通过对童年生活的怀旧，邀请儿童读者进入双重意识。

即儿童的天真无知和成人居高临下的理解。

英子那些知道与不知道，懂得与不懂得，都是成长的必经之路。

作者对童年的怀旧，让我们重新审视成长这件事。

孩子渴望长大，获得力量，从而对身边的人和环境拥有操控感。

从这个角度来说，成长是主动的。

但作者一遍遍地回忆着幼时的天真，让小英子大声背着：我们看海去！

这又何尝不是对被动成长的无奈和抗拒？

【老付拆书】看！身体怎么说话

特别值得推荐的书。

我们经常说的读图能力，并非简单地看人物动作、表情、眼神……

那些隐藏在背后的情绪和想法，才是最重要的。

爷爷托着孙女儿的下巴，究竟怎么托？要看向手指的细节处。

如珠如宝地轻轻托起，表达了爷爷对孙女的喜爱。

只是小女孩不悦的神情和爷爷淡淡的忧伤，还是让我们不禁去猜想：爷爷目光朝向的那个人是谁？孙女儿的命运又会如何呢？

言语可以骗人，身体却很诚实。

读懂身体的语言，可以让我们的人生，过得好一点。

【老付拆书】灰姑娘·童话的力量？

灰姑娘在故事里没有做任何事，就得到了她想要的一切。

而一切都来自现实中不可能存在的神仙教母。

想要交通工具，一只南瓜就可以了。

想要车夫，两只老鼠就搞定了。

想要舞裙，转个圈就拥有了……

而依靠知识和经验的继母继姐妹们，却遭到了严厉的惩罚。

灰姑娘的成功源自童话的力量：愿望。

那些善良柔弱又没什么知识的人，只要有愿望，便可以获得美好的结局。

追逐私利的强大人物反而不会有好的下场。

理性的人马上会发现这和现实生活恰恰相反。

是呢，你以为奶嘴效应是新鲜玩意儿么？

固化下层阶级，现在是抖音，快手。

以前就是童话和民间故事……

【老付拆书】捣蛋鬼日记·天真的价值

未曾清贫难做人，不经打击永天真。

1. 以第一人称视角，通过日记的形式记录了捣蛋鬼姜尼诺的"丰功伟绩"。

2. 作者言语间不停地向读者展示着姜尼诺的无知，滑稽和天真。

3. 姜尼诺的"弄拙成巧"，使成人价值观在孩子的"无知中"节节败退。

作为儿童文学中淘气包类型的经典作品，姜尼诺的"天真"扯开了成人世界虚伪的遮羞布。

在笑声中，不禁让人反思，成人世界固有的实用主义价值观究竟多么轻浮，脆弱。

【老付拆书】鸭子的假期·翻页的力量

究竟是什么力量在支配我们的手不停地翻动

页面？

答案很多。最重要的一定是故事的吸引力。

上万年前，我们的祖先在山洞里围着篝火听故事的时候，也在不停地问：后来呢？

这和今天的我们没有任何不一样。

绘本的作者用图画，用版面设计，用故事的拐点引诱着我们不断翻页。

当然，也有像《鸭子的假期》这样的绘本。

直接和书外面的读者对话，激发我们的逆反心理，让我们心甘情愿地陷入作者的"圈套"，拼命地翻下去……

【老付拆书】水妖喀喀莎·结局

你要等到什么时候啊？

什么时候都等。

如果永远等不着呢？

永远等。

1. 湖的名字叫作"噗噜噜"，"永远"的意思。虽然名字叫作"永远"，它还是干涸了，滴水不剩。

2. 离开噗噜噜湖的水妖会长出一颗新的牙齿。当牙齿变成蓝色，便是噗噜噜湖重生的预兆。

3. 没有月亮的夜晚，那颗牙就会疼。至于等多久，谁也不知道。不过，一个被水妖放弃的湖，等于永远死了。

4. 其他的水妖陆续都拔了牙，只剩下喀喀莎一个。当牙疼得喀喀莎在地上打滚的时候，土豆劝她拔了牙齿，喀喀莎却死都不肯……

＊命运之剑永远高悬在我们的头上，而非命运的东西是通过人的选择起作用的。

＊童话故事结局的"非死即婚"，是人物对命运的献祭。

为了臣服故事逻辑，人物提前失去了生命力，这也是为什么大部分故事前面比后面精彩。

＊当然，堂吉诃德除外，他挣脱了作者和故事的束缚，人物比命运伟大！

【老付拆书】大林和小林·读者的风格定式

很多作品对读者是有要求的，比如对风格变化的适应度。

《大林和小林》的开头是典型的民间故事风格，连插图上的人物也在不断地提醒着读者这一点。

从第二章国王的法律开始，风格骤变成童话。一只叫皮皮的绅士狗和一只叫平平的狐狸，差点把我从椅子上吓下来。

上一次有这种体验还是读罗尔德·达尔的《玛蒂尔达》。

本来以为是写一个被低估的天才少女逆袭的故事，结果后面变成了满是魔法的童话故事。

儿童可能读起来毫无障碍，但对于已经有风格定式的成年读者来说，突破自己的不舒服感，恰恰是作者对于读者的要求。

【老付拆书】本和我

我深爱罗伯特·罗素。

我懂他《兔子坡》里无限的悲悯和憧憬，也理解他《本和我》中的幽默和揶揄。

罗素的绘画，更是一绝。不用色彩，简单的线条就已经令人惊艳不已。

尼采曾说过：没有可怕的深度，就没有美丽的水面。

罗素之于我们，能遇见，便已是莫大的幸运。

＊本书适合中年级学生，轻松幽默，节奏明快，可适当穿插富兰克林的生平。翻译没有去做对比，比较流畅。

【老付拆书】赣第德·乐观?

经典的意义，在于带你穿越时空，窥探真理。

乐观主义是褒义词，还是贬义词?

"儿子打了老子"是阿Q这样小人物的生存智慧。

"更喜岷山千里雪，三军过后尽开颜"是伟人的抱负。

"今天很残酷，明天更残酷，后天很美好，但绝大部分人死在明天晚上"是成功者对前景的笃定。

所以，我觉得"乐观"是个好词，哪怕是盲目的乐观，在那一瞬，当事人也是快乐的。

直到看了《赣第德》，里面黑人的悲惨遭遇让人战栗。

赣第德也开始怀疑导师潘葛洛斯的观点。

什么是乐观主义？

就是什么事情都错了的时候，偏要争说是对的，这一种发疯。

在面对人类重大苦难的时候，无论是自然的，还是人为的，偏执的乐观主义近乎残忍。

我突然理解了几个月前那一首《方舱医院好神奇》带给我的不适感。

并不是因为审美的滑稽，而是因为偏执的乐观。

【老付拆书】文学课·沈从文

《从徐志摩作品学习"抒情"》，我真的是被这题目骗进来的。

然后就掉进沈从文的摘抄里了。

实实惠惠整了八页，有七页半都是徐志摩的作品。

我总结了一下沈从文从徐志摩作品里学到的东西：

1. 用第一人称容易表达感情。

2. 写景物要用上五官六感。

3. 写大都市要写一瞬间的光景。

4. 写物要虚实结合，前写实处，后写感受。

5. 好的作品要把"我"拉开，隔离感更高级。

【老付拆书】无疑山

心求无疑，万物方始。

1. 无疑山和小小海是两个孩子内心的小宇宙，我们有幸参与他们灵魂的苏醒。

2. 一本创世童话，在科学知识的基础上，带我们走进孩子的心里，并重温自己的童年。

3. 最好的阅读方法就是出声读，用词的精巧，想象的丰富，节奏的漂亮，全在声音里了。

＊孩子们答卷纸，我靠着讲台读书。孩子们写写题，抬头看看我，也看看我手里的书。我读几页书，抬头看看他们，也看看窗外的雨……

教室里静得只有呼吸声，全世界最好的工作，也不过如此了！

【老付拆书】小野兽学堂

1. 村民放弃了百谷村，因为它太偏僻了。如果不是还有一坛好酒，小男孩早早也不会跟爸爸再回老屋。也不会发现，老麦的学堂大晚上还亮着灯。

早早决定留下来陪老麦一段日子。他发现老麦学堂里的小孩子，竟然都是山里的小野兽变的。而早早自己居然变成了一只野山羊……

2. 故事用野山羊早早，小松鼠采采的口吻交替讲述。让我们感受到百岁老人老麦生命最后的温柔。

3. 不是亲生的又怎么样？是小野兽又怎么样？只有一个学生又怎么样？学生怎么教都教不会又怎么样？

那些耐心，等待，欢喜，在意，就是超级超级好看，超级超级治愈啊。

4. 你相信吗？这世界上总有一个人，愿意用她的温柔，融化你整个世界的冰。

相信爱，相信童话，相信汤汤。

＊适合低幼儿童听读，低中年级自读。

【老付拆书】我的吉米

等你音讯全无，我再爱世间万物。

1. 吉米是一只犀牛，一只被猎人枪伤的犀牛。

哈奇是犀牛鸟，它胆小，啰唆，爱吹牛。却在吉米有危险的时候，冲上去啄猎人的眼睛。

吉米痛苦了两个多月，却依然温柔地凝视哈奇，听哈奇讲他们之间的趣事。

最后，吉米在哈奇不舍的目光中死去。

2. 整个绘本用对话的方式完成，轻松的文字里，藏着无尽的忧伤和潮水般汹涌的爱。

3. 当年他写下《是谁嗯嗯在我头上》，得到了无数孩子的喜爱。

如今，他67岁，小儿子才5岁。他清楚地知道，那场无法避免的告别，是小儿子必须面对的。

死亡本身就是生命的一部分，悲伤会被时间冲淡，人也会重新快乐起来。

这世上，没有人会一直陪着你，但会有不同的人一直陪着你!

哈奇还在跟其他鸟讲着吉米的故事。

是的，你的不忘记，让我的心，永远留在你那里……

【老付拆书】我和小狼

让狼为狼，犬为犬!

1. "我"救了两只狼幼崽，它们本该生活在荒野中，但盗猎者毁了一切。

2. 羊群让它们不知所措，离别的结局从相遇就已经定下。

3. 小狼的故事，藏着黑鹤对这个世界最深切的关怀和期待。

当人类不再以自己的喜好，肆意妄为的时候。

当这个世界，以它自己的方式运行的时候。

美好才会真的到来……

2021短书评

【老付拆书】长头发的猫咪男孩

（适合亲子阅读）

为什么变成了猫？

因为很多猫都在风雨中长大，遇到点爱就以为是家。

1. 工作和儿子，爸爸没有丝毫犹豫就选择了工作。小男孩被独自丢在了动物园。

（做不到的事情就不要承诺，你不知道你没兑现承诺时，他有多失落）

2. 牌子上写着动物们爱吃什么，又会被什么吃掉，住在大自然中什么地方，没有一块介绍牌上说，动物喜欢住在笼子里，可它们都待在里面。

3. 小男孩钻进了最后一个空笼子里，闭上眼睛，想象着所有的动物做着介绍牌上讲述的事情，比如追追斑马，爬爬树。

（好累，累到好像有他，没他，都可以）

4. 你怎么可以对淋在雨里的小孩说要乖？那些画地为牢，只是因为怕你万一回头，找不到他。

（原来一直都是偶尔被需要，从未很重要）

5. 小男孩做了一个梦，他遇到了一个解救笼中动物的超级船长。他听小男孩说话，用他喜欢的方式爱护他……

最后问一句，百般算计错过孩子的成长，你究竟是想遇见什么？

【老付拆书】三十人行·周益民的"益世界"

28位嘉宾，周老师，加上读者，刚好三十人。

在周老师的"穿针引线"下，我们跟着作家，译者，演员行走在浪漫又新奇的"艺世界"。

周老师是非常适合从事采访工作的，他善于倾听，知识广博，敏感理性，表达精准文雅。

整本访谈录，周老师一以贯之的干净通透，温暖有礼，就像老朋友聊天一样的舒服。

其间不断闪烁的智慧火花，是被采访者和周老师对生命的深刻理解，值得好好品味。

这本书既适合孩子，也适合成人。

走进"益世界"，一起获"益"良多。

【老付拆书】只有读书人才能达到的地方·斋藤孝

AI技术的发展让我们对"未来职业"产生了前所未有的恐慌。

对于教育方向的热议，也一直持续。

斋藤孝的观点我还是很认同。如果教育的目的是赢AI，那生命的意义何在呢？

"要有前瞻性，什么是AI做不了的，我们就培养什么样的人。"持这种观点的人，被AI的发展速度，啪啪打脸。

一味想跑赢AI的心，势必让学生成为"工具"。

不去慢下来，拒绝科技裹挟。

因为人生的深刻性，丰富性才应该是所有教育人最应该去考虑的。

【老付拆书】自私的基因

2021年的第四本书，选了一直想读的《自私的基因》。

虽然理查德一直说把这本科普书当作科幻来读，但他又反复强调"事实比想象更离奇"，这不是幻想，这是科学。

他的三个假设读者很有借鉴意义，所有写文字的人都可以借用。

一是写给门外汉，这就要求你去掉那些冰冷的专业大词儿。

二是写给专业人士，让对方发现新的见解。

三是写给学生，让他从此爱上理论书籍，走向专家之路。

作者认为，生物学犹如神话故事那样迷人，因为事实上，生物学的内容就是神话故事。

这样的表述令人着迷。凡是能够用语言非常好地向别人表达自己所从事的专业，并让他人产生兴趣的，都属于大师级别。

【老付拆书】自私的基因

战争时期，人们会愿意牺牲自己，从而使国家获得更大的利益。

和平时期，哪怕是让人们放慢提高生活水平的速度都很难，甚至比战争时期让他们献出生命都难。

有人说，战争时期没有选择。《乌合之众》里的群体思维或许能够解释这一现象。

利他主义的崇高集体梦网和某种集体情绪，让群体思维替代了个体思维。

人们根深蒂固地认为，同物种的成员比其他物种的成员更应该获得道义上的特殊考虑。

非战时杀人是最大的恶事，吃人更是被厌弃。可是，人类却可以津津有味地吃其他物种。

人类婴儿享受最多的保护和尊重，但其实新生婴儿的智力情感和一只小狗并无太大区别。

作为有情感和思维的黑猩猩，却被关在牢笼里供人类享乐……

当我们跳出固有思维，重新看待习以为常的事情，就会有"顿悟"之感。

比如说评选"××好人"，能够评上的人，一定有可圈可点的地方。

但是"好人"作为一个盖棺定论的说法，颁给一个活人实在是没什么说服力。

因为后面几十年，谁也不知道会发生什么事。换成"××好事奖"，会不会更妥帖？

当然，随着时间的推移，某一段时空的"好事"恐怕也会变成"坏事"。这是主观评价的代价。

还比如说给人贴标签这个事儿，每个人都是复杂的多面体，一个大家口中的好人，可能会对你做出最恶的事。

一个别人都认为冷酷无情的人，可能会给你全世界所有的糖。

朋友说，人要时刻提醒自己去辨别观点和事实。深以为然。

人，要学会用自己的心去看世界。首先要避免的就是群体思维对个体思维的替代。

对习以为常的事情保持怀疑态度，是觉醒的必经之路。

当别人说"女司机"都是马路杀手的时候，不能跟着傻笑，要警觉这种说法背后潜意识里的女性歧视。

当别人说：我听说谁谁很差劲的时候。更是要注意。谣言止于智者，但不止于智障。

道听途说的话都敢相信，还继续扩大对他人的伤害。对你说这些"八卦"的人，大概率是智障。

这样的例子，生活中太多。

《贤愚经》中说说："莫想善微小，无益而轻视，水滴若积聚，渐次满大器。"

小小的善根不要随便轻视，一滴水、一滴水地积累，最后也能盛满很大的容器。

我慢慢拆，你慢慢看。

一起种下小小的慧根，善根。

【老付拆书】学语文从童诗开始·子鱼

1. 符合浅语的艺术，把诗学说得清清楚楚。

2. 方法好操作，新手老师也可以随时上路。

3. 对童诗理解深刻，避免了很多弯路和陷阱。

子鱼老师直接把提问策略交到孩子手里，运用"曼陀罗九宫格"让孩子自己提问，然后用"学习共同体"的方式，让学习真实地发生。

老付也给林焕彰的《流浪的中秋》提两个问题：

1. 月亮这个词在诗中出现了四次，分别有什么特点？

2. 题目为什么叫流浪的中秋，不叫流浪的月亮？

【老付拆书】钝感力

这本书是通过马东的《奇葩说》知道的。

马东说：钝感力是快速忘却不快的能力

钝感力是接受失败继续挑战的能力

钝感力是坦然面对流言的能力

钝感力是对嫉妒与嘲讽心怀感激的能力

钝感力是对表扬甘之如饴，但不得寸进尺的能力

那个在斥责声中成长起来的名医，虽然嘴上说着：是是。

但其实，他根本就不听那些斥责，偶尔听上几句，转头也就忘了。这和《黄帝内经》里的"虚邪贼风，避之有时"有异曲同工之妙。

为了健康，为了自己，要学会"不听"！

【老付拆书】鲁滨逊漂流记·渴望

如鲸向海，不可避免，退无可退。

父亲的劝诫，母亲的眼泪，让鲁滨逊一次又一次压制住了内心对大海的渴望。

但渴望就像咳嗽，越忍耐，越强烈。

在反反复复的折磨中，鲁滨逊像《柳林风声》里捧扫把的鼹鼠，急匆匆地去奔赴"甜美的未知"。

无论出于爱或者恨，那些"阻拦"能挡住的，都是不够热爱的人。

每一个想活成自己的灵魂，无论遇到多少次绝望，还是会选择，笑着"为难"自己。

【老付拆书】晏子春秋·景公之德

形势比人强。

1. 景公在晏子出使鲁国时，让齐国百姓服役修建高台。

2. 百姓寄希望于晏子，让他劝诫景公。

3. 晏子献歌一曲，尽诉百姓之苦，让景公放弃了修建高台的想法。

4. 晏子出门后，并没有宣布景公挺建高台的旨意，还拿鞭子抽打不干活儿的百姓。

5. 孔子夸赞晏子，不贪图贤名，把好的名声都留给君王，把罪过就给自己。

老付拆书：

1. 世人皆知晏子的贤能，却忘了景公才是他成就贤能最大的"因"。千里马常有，而伯乐不常有啊。

2. 百姓都把劝诫景公的希望放在晏子身上，这是极其危险的信号。晏子对自己的定位相当准确，不把贤名放到自己身上，甚至拿鞭子抽打不干活儿的百姓，哪里是贤德，分明是作为臣子的自保。

3. 吃明亏是最大的占便宜。晏子演的这一出戏，难道真的是把罪过归于自身吗？之前景公一直要求建高台，晏子一回来，就停下了。明眼人谁看不出来其中的路数。

4. 晏子一反常态，用鞭子抽打百姓，催促动工。可是还没到家，停建的指令便到了。晏子维护君王，大局为重，甚至自损名声。短暂的误解和这泼天的贤名比起来，简直不值一提。

5. 邻国的孔子都知道了这件事，可见，所谓的承担罪名的说法，只是权术而已。

6. 晏子知人心，善借势。能规劝君王，亦能低调自保。多亏他心怀百姓，品性端正，如果是残忍奸恶之人，这样强的能力，真是祸国殃民。

【老付拆书】红色阅读·闪闪的红星

这段夫妻之间的对话，单独拎出来读是很奇怪的。

但放在故事的大背景下，就有了不一样的感觉，非常动人。

"乱世出英雄"这句话是对的，在极端的环境里，我们才能真的看清楚自己。

一个对父辈没有好奇心的青年一辈是没有希望

的，因为智慧，经验是要传承的。

英雄总是以千面的姿态藏于人间，那些家国大义，离我们并不遥远。

【老付拆书】夏洛的网·那场惊心动魄的抗争

华兹华斯诗歌里那句"儿童是成人之父"依旧振聋发聩。

如果把这句话理解成"儿子是老子"就太令人脑壳疼了。

这句话指的是纵观全人类，儿童并非预备的小大人，而是人类各个阶段中最臻于完美的部分。

如果你一定让我举例子，那一定是《夏洛的网》里面，弗恩这场惊心动魄的抗争。

弗恩究竟争的是什么？是有关于这个世界的公平、公道。

代表成人经验、理性的爸爸，理所当然地认为，砍死一只落脚猪是最省事儿的做法。

但作为家中最小的女儿弗恩，却看到了这件事背后极其残忍冷酷的"逻辑"。

弱的一方，根本没有任何话语权。连证明自己的机会都没有，就被所谓强势文化彻底抹杀掉。

当然，你会跟我辩驳，爸爸（成人意识）说了，女孩小和猪小是两码事。

真的如此吗？如果弗恩患有侏儒症呢？如果弗恩是先天唐宝儿呢？

爸爸是否还会如此肯定，自己不会像放弃这只落脚猪一样放弃弗恩呢？

放弃最弱的，正是"成人"有着这样的逻辑，我们看到每年有大量女婴被流产，残疾儿童被遗弃，病孩子被弃养，孤寡老人病死家中……

"我听过那么多不公平的事，这件事是最最不公平的。"弗恩说。

听完这样的话，爸爸古怪的表情和几乎要哭出来的情绪究竟是什么？

是"成人意识"在"儿童意识"中汲取到了智慧之光。

儿童是成人之父！儿童文学也应该是人类文学之父！

【老付拆书】夏洛的网vs猪坚强

昨晚10：50，14岁的猪坚强离开了这个世界。

14岁的猪坚强，相当于人类的百岁老人。

汶川地震中，它不吃不喝熬过36天，让它成为中国的"威尔伯"。

它的"夏洛"，为它织了一张叫作"坚强"的网。

这张网，让在那场地震中失去挚爱的人看到了生命的意义。

《夏洛的网》作为美国白血病患儿最喜爱的书，绝不仅仅是因为夏洛孩子们出生的片段，让那些患儿看到了"新生"的力量。

夏洛赋予威尔伯这只落脚猪的生命意义，才是整本书最明亮的部分。

文学的意义，远远超乎你的想象！

【老付拆书】图书馆老鼠

我们都被困难吓住了。

1. 一只生活在图书馆的老鼠，除了博览群书，也是个受人喜爱的作家。孩子们想见它，它选择送给孩子们一面镜子、本子和笔。每一个孩子都成为了小作家。

2. 成为作家的秘诀：多读书，写你知道的，插图可以照着镜子画（原型，想象，加工），书写好了放在书架上。

3. 把你生命的感悟写出来，为生命而写，不要为写而写。

【老付拆书】最珍贵的草莓

你最珍贵！

1. 白熊将收到一个草莓，在漫长的等待中，它为这颗草莓做了所有最浪漫的想象。

以后的每一年她都收到了草莓，而且越来越多，多到让人有些厌烦。

如果你问她，最好吃的是哪一颗？她会告诉你，是第一颗。

2. 小王子见到5000朵玫瑰时，直接"崩溃"了，那所谓世界上唯一的珍贵玫瑰，只是谎言。

白熊像慢下来的"小王子"，终于在年复一年中知道，草莓也不过如此。

3. 如果"喜悦"和"拥有"成反比，是不是追求得少一点，反而会幸福一点？

后面的草莓不要难过，你本就没有那么珍贵，何必在意不属于自己的珍惜。

第一颗草莓也不要过于扬扬自得，哪怕这世上只有你一个，迟早白熊也会喜欢上苹果、荔枝什么的。

4. 用这么可爱的画面，这么浅白的语言，讲这么深刻的哲学问题。也就绘本能做到了。

【老付拆书】一分钟童诗

孩子是离"真理"最近的人类，装模作样的小大人并不可爱，更多的是可悲。"消失的童年"是整个人类巨大的损失，能挽救这一切的，只有文学。

《一分钟童诗》的出现让我欣喜。当他的编者肯·纳斯比特说：作为一个儿童诗歌的创作者，我意识到我是在和"海绵宝宝"竞争，所以为孩子创作的诗歌，首先要先让孩子们着迷。然后才有可能向他们展现诗歌能带来什么。我就知道这个人对了。

诗集里全都是睡觉，睡衣，小床，梦乡，故事，动物，玩具，朋友，拥抱，校车，袜子，脚印，雪人，月亮，独角兽，牙仙子什么的。

可笑吧。可笑吗？这些被我们忘记的，忽略的，不在乎的名词，却构成了孩子最最宝贵的一整个世界。

这本诗集太适合在睡前搂着孩子一起读了，柔和的月光下，对这个世界的善意，对爱的真诚，对自己的理解，对他人的温柔，对所有一切的珍惜被一首首童诗"唤醒"。

儿童是成人之父，不是预备的小大人，你愿意给你的孩子，还有你自己一个机会吗？

每天只需要一分钟，通过诗歌重新找回迷失的自己。

整个人类需要学习的东西太多，先从读童诗开始吧。

【老付拆书】马尔科和爸爸

上天给了你一次，无条件付出感情的机会。

马尔科是唐宝儿，一个视力、听力、智商都有问题的孩子。

正常人有23对染色体，唐宝儿在第21号染色体上多了一条，又被称作21-三体综合征。

很多唐宝儿都长不大，有些能够成年的唐宝儿，在某个阶段会迅速衰老，甚至和父母一起进入老年。

他们只能做简单重复的游戏，无法与人沟通，经常做危险的事情，对照顾他们的人来说，是精力和体力的巨大挑战。

对于他们的亲人来说，真正的难题在于如何真心地接受他们，爱他们。

一个国家的强大，在于他们对于弱势群体的态度。

融合教育的普及，让我们不得不去面对，如何让这些"特殊"的孩子变得"普通"。

特殊教师的缺乏，特教知识的不足，资金和配套设施的延迟，让这些坐在普通教室里的"特殊娃"很可怜。

那些一直被干扰的普通娃，很可怜。

【老付拆书】我用32个睡魔怪救了我爸爸

父亲的"成人礼"要通过儿子才能完成。

你说，是先有父亲，还是先有儿子？

当然是先有儿子啦。因为有了儿子，一个男人才能拥有父亲这个称呼。

可是，是否能够成为真正的父亲，还是要经过一系列考验的，而主考官正是儿子。

表面上是父亲对儿子发脾气，其实真正的原因是父亲对于生活压力的无法消解，以及对父亲身份的无法胜任。

比如足球，比如迟迟不到的成功，比如生活的暴击，比如儿子的失败……

可是，儿子想保护父亲的决心，让那个曾经什么都怕的"小男孩"，大喊出："男子汉大丈夫，天不怕地不怕，冲啊！"

他和儿子手拉手跳进了最害怕的恐龙嘴里，完成了史诗般"鲸鱼之腹"的蜕变。

为了儿子，那个"小男孩"成为最勇敢的"父亲"！

儿子终其一生，不过是想成为父亲那样的人。父亲终其一生，不过是想成为儿子的榜样。

感谢彭懿老师，感谢田宇老师，感谢京津。

儿子不仅在潜意识中救赎了他的父亲，也救赎了所有捂着脸哭泣的小男孩。

个体的命运永远属于全人类！祝福每一个小男孩和曾经的"小男孩"。

这本书里有很多可以查证的"神话原型"以及变形的象征，找机会拆给你看。

疲于应付，满世界跑，追着"特殊娃"的老师也很可怜。

暖暖说：唐宝儿都是还没有准备好的孩子，但他们太想要他们的父母了。

我说：很多时候，他们的父母也没有准备好。老师和学校也没有准备好。可是他们来了，给了我们所有人，一次无条件付出感情的机会。

【老付拆书】中国民间故事·白蛇传

你本无意穿堂风，偏偏孤倨引山洪。

相对于织女对自由的渴望，孟姜女寻夫的执念，祝英台对爱的痴缠。

白娘子身上更多的是"仗义"。

其他版本里，小牧童救过小白蛇的命，所以长大后的白娘子要报恩许仙。

后面拼死盗仙草，发怒水漫金山，倒也在情理之中。虽然我等女性，恨其不争，但多少也有几分敬佩。

我欠你救命恩情，不管你怎样对我，我用命来还，还完我就撤。

只不过我总是想不明白，曾经肯牺牲自己利益救条小蛇的小男孩。长大后，怎么变得那么自私自利？

再看这版"缘起"就有意思了，小男孩无福消受"小汤圆"样貌的仙丹。吐了之后，被小白蛇吃下去。

小白蛇增长了修为，对吐汤圆的小男孩充满感激，准备当面道谢。

哈哈哈，恕我对苍天大笑三声。这不纯粹没事儿找事儿，给自己加戏么？

人家吐出来不要的东西，你吃了，有什么好谢的。要谢也是谢吕洞宾啊。

不过哦，这样的"缘起"倒是让许仙这个人物自洽起来。

从小就是看别人吃汤圆，自己吵着要吃，等不及汤圆凉，夺过碗就吃……

这孩子从小心里就只有自己。

后面逼白娘子喝雄黄酒，去金山寺寻求法海帮助，看见白娘子怀孕，也没害自己，又让法海少管闲事。

白娘子被压在雷锋塔下后，从未有过实际行动去救白娘子，种种行为，也就能够理解了。

不要和我说许仙是凡人，无法救出白娘子，他有自己的难处。

人家孟姜女也是凡人，愣是把长城哭倒八百里。祝英台也是凡人，死也要钻到梁山伯的坟里去。

爱里没有强和弱，只有谁更豁得出去，谁更奋不顾身。

爱得多的人不是傻子，她只是个让人心疼的疯子。

【老付拆书】克雷洛夫寓言

一个人对另一个人的爱，不在于你能给多少，而在于对方能接受多少。

1. 重读《克雷洛夫寓言》杰米扬的汤很感慨。

杰米扬的鱼汤很鲜美，可是一碗又一碗，没完没了的时候，老福卡只能选择落荒而逃。

2.《我的前半生》中，唐晶问老卓，为什么陈俊生会选择没那么好的凌玲？老卓建议唐晶去读读杰米扬的鱼汤。

3. 生活就是这么可笑，太阳底下哪有什么新鲜事儿？寓言故事全都告诉你了，可你就是没有这样的智慧去理解。

4. 我喜欢苹果，你却给了我一车西瓜，还对我说，西瓜比苹果好，你很爱我，我该知足，要把西瓜全吃了。

可是从头到尾，我喜欢的都是苹果啊。你的拼尽全力，感动到哭，自始至终也只是你的"自以为是"。

5. 无论什么理由，不强人所难，也放过自己。

愿这世上，杰米扬的鱼汤，依旧鲜美。

【老付拆书】月亮和六便士

满地都是六便士，你却抬头看到了月亮。

月圆之夜，我开始思念思特里克兰德。

世人如同鲁滨逊的父亲，不断地训诫我们：被梦想俘虏的人就是在追逐自己的噩运。

可是，成年人的勇敢，不就是清醒地知道，每种自由，都有成本；每种生活，都有遗憾么？

斯特里克兰德说：我告诉你，我必须画画，我身不由己，我无能为力。一个人掉进水里，他游泳游得好不好没关系，反正他得挣扎，不然就得淹死。

今晚的月亮真美！仰望，让所有备受折磨的灵魂得以安宁。

【老付拆书】朝花夕拾

鲁迅说：带露折花，色香自然要好得多，但是我不能够。

很多事情，我们总要隔开些距离才看得清楚。或许，真相是隔开些距离，也看不清楚。

10篇散文，我最喜欢《阿长与〈山海经〉》。那个唠叨庸俗，迷信又矮胖，甚至不配拥有姓名的保姆，却给了迅哥儿最实在的温暖。

没人在意迅哥儿对《山海经》的念念不忘，而她却放在了心上，告假回家的时候买了来。

从此，这四本书便成了鲁迅最为心爱的宝书，即使年老回忆起来，也依旧记得那种"震悚"之感。

人，可能真的要到老了之后才明白。那些真心实意对你好的人，那些让你感动的瞬间，才是人生无价的珍宝。

暖暖最喜欢《从百草园到三味书屋》，她说那种感觉太像《呼兰河传》了。

《朝花夕拾》作于1926年，《呼兰河传》作于

1939年。萧红的创作灵感很可能就来自于鲁迅的《朝花夕拾》。

翻出来《呼兰河传》《城南旧事》，这波儿回忆杀给暖暖姐整上。

【老付拆书】猫哈拉商店

富安阳子用一只斑点猫开商店的模型，给孩子们展现了一种"新型民间故事"。

依然有神奇的宝物，有合理的荒诞，有反复的手法，有弃恶扬善的价值观。

不同的是，这只叫白菊丸的斑点猫，让整个故事充满现代童话的梦幻气息。

虽然它依然有着民间故事商人的狡猾和唯利是图，但同时它也有原则，有智慧，甚至颇有城府。

它总是稳赚不赔，所有的货都是从大自然免费进货。

可是，更多时候，我们还是觉得它是个又善良，又实在的"憨憨"，甚至有种想摸它头的冲动。

逢猫必赢！适合三四年级自读，五六年级续编。

【老付拆书】魔女宅急便

开给女生的书单，我一定要收录这一本。

男生在心理上永远是妈妈的儿子，很难成为女人的丈夫，孩子的爸爸。

我一直认为这个事情的症结在于他们12岁左右缺少了"成人礼"。

没有成熟的成年男性带他们远离妈妈，去教他们"伤痕""痛苦""忍耐""救赎"……

迫不得已，新娘们在他们20多岁的时候，主动承担起"男性成人礼"的任务。

带他们远离母亲，承担家务，负担看管孩子的重任，重新学习独立生活以及责任感。

很多时候这些新娘都失败了，因为她们要对抗的是比她们更有力量的女性（男人的老娘）。

对男生成人礼的关注要从学校、家庭、社会三位一体做起，任重而道远，还有很多可探讨的空间。

不同于男性，女性的两次"成人礼"会自然到来，第一次是月经初潮，第二次是孩子的出生。

《魔女宅急便》讲的就是女孩的第一次"成人礼"。小魔女在13岁的时候要外出独立生活一年。

她要快速适应陌生环境，与当地人保持好的关系，找到自己的价值，坚守内心的原则……

不同于其他魔女的法力无边，小魔女琪琪更像一个有点天赋的普通女孩。

她只会用扫把飞，别的魔法什么都没学会。如果你只有这一个天赋，你还能找到属于自己的价值吗？

小魔女琪琪用她的经历告诉所有女孩——当然可以！

推荐三四年级自读，五六年级续写。

【老付拆书】太阳和蜉蝣

世间所有美好，都恰逢其时。天气变冷的时候，收到了汤汤的新作。

她让我闲时一阅，我很感激。

在全世界都在催你"快点"的时候，有个温柔的人告诉你，别忘了让自己"闲"一下，免得忙得心都亡了。

汤汤是我深爱的作家。她的《水妖喀喀莎》曾让我哭成一团。这对我这个"吃"书妖怪来说，是极少见的。

她的文字总是很克制，缓缓地叙述，不做作，不矫情。

但背后汹涌强烈的情感，却次次击中我的泪点。

对我来说，她的作品和她的人，都有一种"顶不住"的感觉。除了投降和拥抱她，我别无他法。

《太阳和蜉蝣》是她第一本绘本作品。被限制的篇幅，让她文字里的诗意更加凸显。

我连续读了几遍，除了感叹孩子生命教育的书单里，必然要加上这样一本新"经典"。

脑海中也会出现，美国白血病儿童临终关怀时，义工一定要为他们读《夏洛的网》的场景。

全国各大公益组织为乡村儿童的阅读做出了巨大的贡献。

对白血病、尿毒症等重大疾病儿童的临终关怀，还是有不少的空间可以去探讨。

《太阳和蜉蝣》的篇幅，选材，语言，文化背景比《夏洛的网》更适合。

这本书能给重病的儿童和老人带来的安慰，可能比一顶假发还要大。

这本书的主人公是一个只有一天生命的小蜉蝣，她想见证青蛙的成长，想等待小野鸭生命的到来，想看看一朵花开……

可是，生命只有一天，她什么都等不到。

面对那么多遗憾，究竟该怎么办呢？

她最后坚定地选择了飞向太阳，哪怕只能靠近"永恒"一点点。

绘者大面包很棒，在小蜉蝣落到水面的时候，让太阳在水里的倒影迎接走向生命尽头的小蜉蝣。

生命是一场轮回，但"爱"会一直托举我们。

感谢汤汤，感谢大面包，感谢浙少，感谢阅读！

【老付拆书】宫泽贤治·君鼠

贤治被称作日本的安徒生。

他的童话作品阅读难度差异太大，所以儿童文学研究者对于他究竟是儿童文学作家还是成人文学作家，一直是持有不同观点的。

这篇童话的阅读难度明显低了很多。

但其结构的紧实，表达的流畅，内涵的深刻丝毫不逊色。

非常适合儿童阅读，或者教师作为上课的文本。

核心问题：

1. 君鼠对谁咳嗽？

朋友塌鼠，议员太鼠，老猫和小猫。

2. 什么时候咳嗽？

每当他人有更高的见解的时候。

3.君鼠被吃掉的真正原因?

对别人的嫉妒之心。

表达结构:字数有限,不写了。

＊嫉妒之火太可怕了,最后烧死的,首先是自己,从无例外。与其临渊羡鱼,不如退而结网。

【老付拆书】宫泽贤治这样读　彭懿

宫泽贤治作为百年前的日本作家,他作品的难,主要体现在我们对相关文化、背景、作者生平的陌生。

彭懿老师这本书,帮我们解决了这个难题。

比如我很喜欢的这篇《贝火》,我能读出来作者的因果轮回意识。

但不清楚这种感觉是贤治的刻意为之,还是我想多了。

当读到贤治这个时期信仰了《法华经》,从而用吉—吝—凶—悔的循环图表示整个故事的逻辑框架。

一切都自恰了。

＊我更喜欢《易经》里的元—亨—利—贞。

【老付拆书】小说餐桌

从纳尼亚女巫手里的高级土耳其软糖到哈克贝利的玉米道奇饼……

文学和食物的关系,从来都不远。

这本书适合教孩子们学习图像化策略,先阅读文字,再看图片。然后说说和你想象中的有什么不同?

有些图片比想象中的要惊艳，有些则严重不符。这些都是教育资源。

这本书最大的问题是，有些书选择的译本令人遗憾。

很无力，我们和作者之间，永远隔着一个译者。

【老付拆书】民间文学里的中国·四大传说

五年级上册民间故事的课程书，老付以后只选这套，原因有三：

1. 群文阅读的方式，让学生在不同文本，文体的阅读中，拥有更加立体的阅读体验。

2. 编排合理，分类清晰，避免了各种民间文学糅杂在一起的尴尬。

3. 选文具有代表性、经典性、丰富性、连续性，达到了以少胜多的效果。

＊孟姜女名字的由来，她对丈夫谜一般的痴情，万喜良究竟何许人也，故事强大的生命力本源……这些问题一直纠缠着我。

出生于无儿无女孟姜两家的葫芦女，这一路的颠沛流离，究竟要追寻的是什么？

世世代代不识字的祖母和外婆们，如同履行天职一般讲述给一辈又一辈的孩子们，又是为什么？

民间口头传说与官家墨写的史书，在这一场旷日持久的较量中又在争什么？

生命权！生活权！生育权！幸福权！

博物馆着火了，一幅世界名画和一只小猫，你救谁？

这个问题真可笑。我们绝大部分人都不会拥有这种选择权。因为，我们都是小猫。

读书人万喜良早死在了长城底下，只有一代又一代的女人还在说，还是唱，还在哭……

【老付拆书】世说新语　王献之

一嗟一叹一轮回，一寸相思一寸灰。

没想到读个《世说新语》会被虐。

王献之的故事，我最熟悉的就是十八缸水和最好的一笔是点。

在我心里，他是勤奋与才华的代名词。

临死前，他的一句"不觉有余事，唯忆与郗家离婚"把我整破防了。

当初与表姐喜结连理，彼此恩爱体贴，携手共度失去至亲的岁月，不离不弃是真的。

为了不与公主成婚，他把自己的脚弄伤，落下了终身足疾的毛病是真的。

他为被休前妻郗道茂写《思恋帖》《奉对帖》的情真意切也是真的。

被休不久，郗道茂就孤苦伶仃地死了。

43岁的他，在临死前终于活得像个男人了。

可是，太晚了，他的阿姊永远也听不到了。

【老付拆书】局外人　加缪

柳鸣九是多年前第一次读的版本，这几天重读了李玉民的版本。

柳鸣九的"令堂去世"令我跳戏，我更喜欢李玉民的"母去世"。

默尔索作为"失语者"，只是因为不符合游戏规则，而被出局了。

加缪在序言里写：这本书的主人公之所以被判刑，是因为他不参与这个社会设定的游戏……

默尔索是以怎样的方式抵抗这个游戏的？答案很简单：他拒绝撒谎。

撒谎不仅仅是说假话。

事实上，尤其是当你说的不仅是真相的时候，你就在撒谎。

在人心灵的层面上，说出的内容比内心感受到的更多，就是撒谎。

诚实，特别是对自己的心灵诚实，风险很大，如以身饲虎。

【老付拆书】伯吉斯获奖动物冒险故事

很多真事听着都像骗人的。

伯吉斯作为百年前的儿童作家。

或者说，一个孤身一人带儿子的爸爸。

他真是想尽了办法让儿子高兴。

这很好。

用爱写成的故事和为了赚钱写成的故事，就是不一样。

前几天有个人问我，单亲家庭对孩子会有什么影响？

这本书或许给了最好的答案。

单亲家庭本身没什么问题，有问题的是大人本身啊。

伯吉斯热爱自然，动物，孩子和生活……

这样的爸爸带出来的孩子，怎么可能有问题？

很多时候，问题本身不是问题，恐惧问题的人才是最大的问题。

【老付拆书】不完美总动员

范氏三兄弟的绘画是不用怀疑的，《午夜园丁》和《大海遇见天空》都是他们的作品。

这本绘本只探讨如何设计完美宠物，以及如何面对自己的"不完美"，还不够。

通过比较那些"完美"与"失败品"的不同，聊聊"标签""认同""命运""基因技术对个体和社会的影响"可能会更有价值。

接受自己的不完美，并坚信梦想，完成"看星星"的愿望没那么重要。

究竟是什么让巴拿巴和朋友们陷入困境，才更应该去探讨。

没有人文主义做底子，科技的超速发展，只能让人类更加痛苦。

【老付拆书】阅读深动力·耗子大爷起晚了

昨天带学生读《耗子大爷起晚了》，他们笑了一节课，我也笑了一节课。

用的方法就是《阅读深动力》里的"在体验性里停顿"。

故事里写到：我把晚上脱下的袜子缠成一个蛋，朝着那根"细毛线"扔了过去。

怎么把臭袜子缠成蛋？我和学生反复缠，缠出了好多花样儿。然后朝着耗子的圆屁股扔过去。

这一扔就有意思了。抡起胳膊扔，还是简单意思意思，可就大不相同了。

有的学生怯生生地扔，有的学生仿佛扔手榴弹……

最后的结局是顶棚太高，袜子飞到半截就掉下来，砸在了"我"的眼睛上。

借助想象力，学生和我都被臭袜子砸得东倒西歪，却还笑成一团。

怎么就不生气呢？怎么就不站起来，拿着袜子打死耗子呢？

藏在情绪背后的"我"，压根儿就没想打耗子大爷呀！

每次耗子大爷下来之前都会先把尾巴伸出洞外，耗子大爷的尾巴上并不长眼睛，它怎么能知道下头的情况是安全还是不安全？

我就是提醒耗子大爷一下，别让它受伤了而已呀！"我"和耗子大爷的交情，就藏在这细小的动作里。

教师作为阅读的带领者，找到停顿处，并构建出视像，从而看到作者，读者情绪背后的"自己"。

阅读的深动力，永远指向的是人。

致　谢

本书要特别感谢王瑶，感谢在老付身边不离不弃的人，是你们让老付在这风景如画的人间，自在逍遥。